講談社文庫

汚名(上)

マイクル・コナリー｜古沢嘉通 訳

講談社

ヘザー・リッツォに
本書題名とその他あらゆることに対して
感謝をこめて

TWO KINDS OF TRUTH
By Michael Connelly

This edition published by arrangement with
Little, Brown and Company (Inc.),
New York, New York, USA
Through Tuttle-Mori Agency, Inc., Tokyo

目次

汚名（上）

●主な登場人物〈汚名　上巻〉

ハリー・ボッシュ　サンフェルナンド市警刑事（予備警察官）　元ロス市警敏腕刑事
ベラ・ルルデス　サンフェルナンド市警刑事
アンソニー・バルデス　サンフェルナンド市警本部長
エスメレルダ・タバレス　失踪者
ダニー・シスト　サンフェルナンド市警刑事
オスカー・ルゾーン　サンフェルナンド市警刑事
トレヴィーノ　サンフェルナンド市警警部
ルシア・ソト　ロス市警本部強盗殺人課未解決事件班刑事　ボッシュの元相棒
ボブ・タプスコット　ロス市警本部強盗殺人課未解決事件班刑事
アレックス・ケネディ　ロス郡地区検事局検事補
プレストン・ボーダーズ　ボッシュが三十年ほど前に逮捕、収監中の死刑囚
ルーカス・ジョン・オルマー　死亡した連続婦女暴行犯
ホセ・エスキベル・シニア　〈ラ・ファルマシア・ファミリア〉経営者
ホセ・エスキベル・ジュニア　〈ラ・ファルマシア・ファミリア〉経営者の息子
ダニエル・スカイラー　殺人被害者　女優志望のウエイトレス
ランス・クローニン　オルマーとボーダーズの担当弁護士
マディ　ボッシュの愛娘
ミッキー・ハラー　リンカーン弁護士　ボッシュの異母弟
リーガル・シーゲル　老弁護士　ミッキーの恩師
テレンス（テリー）・スペンサー　資料保管課の担当職員
キャシー・ゼルデン　スペンサーの担当弁護士　現在クローニンの妻
ジェリー・エドガー　カリフォルニア州医事当局職員　ボッシュのかつての相棒
チャーリー・ホーヴァン　麻薬取締局捜査官
サントス　氏名不明で告発されている麻薬組織の黒幕
デニス・〝シスコ〟・ヴォイチェホフスキー　ハラーの調査員

第一部　キャッパー

1

ボッシュが旧サンフェルナンド市刑務所《ジェイル》の三号囚房で、エスメ・タバレス事件の資料を収めた箱のひとつから取りだしたファイルに目を通していると、刑事部にいるベラ・ルルデスからショートメッセージで警告が届いた。

ロス市警と地区検事局がそっちに向かっている。トレヴィーノがあなたの居場所を教えた。

ボッシュがいるのは、たいていの週はじめにいる場所だった——公共事業部の資材置き場から拝借した木製ドアを、間隔をあけて積み重ねたファイル保管箱の上に載せてこしらえた間に合わせの机に向かっている。ルルデスにありがとうと伝えるショートメッセージを送ってから、ボッシュは携帯電話のメモ・アプリを起動し、録音ボタンを押した。画面を伏せて携帯電話を机の上に置き、タバレス事件書類箱のなかに入っていたファイルをかぶせた。念のための行動だった。月曜日の朝イチに地区検事局の人間と元の職場であるロス市警の人間が会いにくる理由に見当がつかなかった。今回の訪問を事前に予告する電話一本すら入っていなかった。もっとも、公平を期するなら、囚房の鋼鉄製鉄格子の内側では携帯電話の電波はほとんど入らなかった。それでも、この突然の来訪は、たいていの場合、戦略的な動きである、とボッシュはわかっていた。三年まえの強制退職以来、ボッシュとロス市警との関係は、控えめに言ってもうまくいっておらず、弁護士は、市警とのすべてのやりとりを記録に留めて自衛をするようボッシュに勧めてきた。

彼らを待っているあいだ、ボッシュは手元のファイルの検討を再開した。タバレスが行方不明になってから数週間の期間に作成された調書類に目を通す。以前に読んでいたものだったが、事件のファイルには、未解決事件の突破口を開く秘密が含まれている場合がある、とボッシュは信じていた。もし見つけられるならすべてがそこにあるのだ。ロジックの食い違い、隠された手がかり、矛盾する供述、報告書の余白に記された捜査員の手書きメモ——トータルで四十年もの長きにわたる警察官としての経歴のなかで、それらあらゆるものが事件を解決するのにボッシュの役に立ってきた。

タバレス事件に関するファイル・ボックスは三つあった。公式発表では、行方不明事件だったが、遺体が発見されなかったというただそれだけの理由で、そのように分類されていたわけで、過去十五年間かけて増えたファイルを積み重ねた厚さは九十センチほどにもなっていた。

ボッシュが未解決事件ファイルを調べるおのが技倆をボランティアで提供するため、サンフェルナンド市警にやってきたとき、アンソニー・バルデス市警本部長にどこから手をつけたらいいのか訊《たず》ねた。サンフェルナンド市警に奉職して二十五年になっていた本部長は、エスメレルダ・タバレスからはじめればいいだろう、とボッシュに告げた。タバレス事件は、バルデスが捜査担当としてだけでなく、市警本部長としても捜査に充分な時間を割けずにいるせいで、頭から離れずにいる事件だった。

サンフェルナンド市警に非常勤で勤めてきた二年間で、ボッシュは、数多くの事件の再捜査をおこない、そのうち一ダース近くを解決した——そのなかには、連続暴行事件や殺人事件が含まれていた。だが、少しの時間を見つけては、エスメ・タバレス事件に戻り、ファイル・ボックスに目を通すようにしてきた。彼女はボッシュの頭からも離れなくなりはじめていた。ベビーベッドに眠っている赤ん坊を残して、姿を消した若い母親。行方不明事件として分類されていたかもしれないが、本部長とボッシュ以前にこの事件を担当したすべての捜査員が把握していた内容を知るのに最初のボックスの中身を読み通すまでもなかった。犯罪行為が関わっている可能性がきわめて高かった。エスメ・タバレスはたんなる行方不明者ではなかった。彼女は死んでいた。

刑務所棟の金属製扉がひらいた音が聞こえ、ついで三部屋ある雑居房のまえに敷かれたコンクリート製の床の上を歩く足音が聞こえた。鉄格子越しに顔を起こし、ボッシュは目にしたものに驚いた。

「ハリー、こんにちは」

元のパートナーだったルシア・ソトだった。いっしょにいるのはボッシュに見覚えのないふたりのスーツ姿の男だ。この訪問についてソトが事前に連絡しなかったと思しき事実がボッシュを警戒させた。ダウンタウンにあるロス市警本部と地区検事局からサンフェルナンドまで両方とも車で四十五分でいける距離にあった。それだけあれば、ショートメッセージを入力して、「ハリー、いまからあなたのところへ向かうわ」と伝えられたはずだ。だが、そういう事態は起こらなかった。見知らぬふたりの男がソトに連絡しないよう釘を刺しておいたのだろう、とボッシュは推測した。

「ルシア、ひさしぶりだ」ボッシュは言った。「元気かい、パートナー？」

三人のだれもボッシュの囚房に入りたいとは思っていないようだった。別の目的に転用されているとはいえ。ボッシュは立ち上がり、机のファイルの下から携帯電話を手際よくつかむと、画面が自分の胸に向くようにしてシャツのポケットに移した。この二年間、電話やメールでときどきソトとは連絡を取っていたが、実際に顔を合わせる機会はなかった。ソトは見た目が変わっていた。体重を落とし、やつれ、疲れている様子だった。黒い瞳に浮かんでいる表情は当惑のそれだった。ボッシュの手を握ったが、それは軽い握手というよりもギュッと握りしめるものだった。強い握手。ボッシュはそれをメッセージとして受け取った——気をつけて。

ふたりの男のうちどちらが何者なのか、ボッシュは容易に判断がついた。ふたりとも四十代前半で、紳士服小売店大手の〈メンズ・ウェアハウス〉のラックに吊されていた可能性の高いスーツを身につけていた。だが、左側にいる男のピンストライプは、裏地を通して擦り切れている箇所があった。上着の下にショルダーホルスターを身につけており、銃の遊底の硬い角が生地に当たって、薄くさせているのだと、ボッシュにはわかった。絹の裏地はとっくにほつれてしまっているのだろう、とボッシュは推察する。袖を通して六ヵ月でスーツは使い物にならなくなる。

「ボブ・タプスコットだ」男は言った。「いま、ラッキー・ルーシーのパートナーだ」

タプスコットは黒人だった。サウスLAのミュージシャンで、その地域のジャズの独自性を守るのにきわめて重要な役割を果たしてきた、故ホーレス・タプスコットと関係があるのだろうか、とボッシュは思った。

「で、わたしがアレックス・ケネディだ、地区検事補の」ふたりめの男が言った。「時間を少々いただいて、あなたと話をしたい」

「ああ、いいぞ」ボッシュは言った。「わがオフィスに入ってくれ」

ボッシュはいまや事件ファイルを収めたスチールラックが備え付けられている元囚房の閉鎖空間を示した。この囚房がトラ箱として使われていた前身からの遺産である長いベンチが一脚あった。さまざまな事件のファイルを読み返すため、ボッシュはそれらをベンチに並べていた。来客の座る場所を空けるため、ボッシュはファイルを積み重ねはじめたが、彼らが座ろうとしないのを確信していた。

「実を言うと、トレヴィーノ警部とあらかじめ話をしており、刑事部にある作戦司令室を使ってもいいと言ってくれた」タプスコットが言った。「そっちのほうがずっと快適だろう。かまわないだろうか？」

「警部がかまわないというのならかまわない」ボッシュは言った。「ところで、用件はなんだ？」

「プレストン・ボーダーズよ」ソトが言った。

ボッシュは囚房のあけた扉に向かって歩いていた。その名前を聞いて、足取りが一瞬鈍った。

「司令室に入るまで待とう」ケネディが急いで口をはさんだ。「それから話をしよう」

ソトがボッシュに目配せをし、自分はこの件で検事局の言いなりになっているというメッセージを知らせようとしているかのようだった。ボッシュは自分のキー類と南京錠を机からつかみ上げ、囚房の外に踏みだすと、金属扉を横に滑らせて閉めた。ガチャンと重たい音が響く。囚房の鍵はとっくの昔になくなっており、ボッシュは自転車のチェーンを鉄格子に通すと、南京錠で扉があかないようにした。

一行は古い刑務所をあとにし、公共事業部の資材置き場を通り抜け、ファースト・ストリートに向かった。道路を横断するため、車の流れが途切れるのを待っているあいだに、ボッシュはポケットから携帯電話を取りだし、メッセージを確認した。ダウンタウンからこの一団が到着するまえにソトあるいはほかのだれかから届いたメッセージはなかった。録音を継続させたまま、携帯電話をポケットに戻した。

ソトが口をひらいたが、サンフェルナンドにやってくる羽目になった事件についてではなかった。

「あそこはほんとにあなたのオフィスなの、ハリー？」ソトは訊いた。「つまり、あなたは刑務所の囚房に押しこめられているの？」

「ああ」ボッシュは言った。「あそこはトラ箱だった。朝、扉をあけるといまでもゲロのにおいがする気がときどきする。たぶん、長い年月のあいだに五、六人はあそこで首を吊っているだろう。出るんじゃないかと思われている。だけど、未解決事件のファイルがあそこに保管されており、そのため、あそこがおれの仕事場だ。ほかのふたつの囚房に証拠保管箱が収められているので、アクセスが簡単なんだ。それにおおむねだれも邪魔してこない」

ボッシュは最後のセリフの意味が来訪者たちに明白に伝わればいいと願った。

「じゃあ、ここには拘禁施設はないの？」ソトが訊いた。「身柄はヴァンナイズ拘置所に送致しないといけないの？」

ボッシュは自分たちが向かっている道路の反対側の警察署を指さした。

「女性の身柄だけがヴァンナイズ拘置所に送られる」ボッシュは言った。「男性用の拘禁施設《ジェイル》はここにある。署内に。最新の独居房が備わっている。おれは何度かその独居房に泊まった経験がある。だれもが鼾をかいているロス市警本部の仮眠室よりましだ」

囚房で眠るのを厭わないというのなら、あなたは変わってしまったと言わんばかりの表情をソトはボッシュに向けた。ボッシュはソトにウインクをした。

「おれはどこでも仕事をできる」ボッシュは言った。「どこでも眠れる」

車の流れが止まると、一行は道路を横断して警察署へ向かい、メインロビーを通り抜けた。刑事部は右側に直接の入り口がある。ボッシュはカードキーで開け、ほかの者たちが入っていけるようドアを押さえた。

刑事部屋は、車一台分のガレージほどの広さだった。中央に三つのワークステーションがひとつのユニットになるようギュッとまとめて配置されている。そこは常勤の刑事三名に割り当てられていた。ダニー・シストと、最近、刑事に昇進したオスカー・ルゾーン、長くつづいた傷病休暇から二ヵ月まえに復帰したばかりのベラ・ルルデスの三名。そのユニットの壁には、ファイル・キャビネットと、無線充電器、コーヒーを飲むための一揃いが並べられており、仕事のスケジュールや署内の通達類で覆われた掲示板の下には、業務用複合機が置かれていた。また、数多くの指名手配ポスターや行方不明者のポスターも貼られており、そこには過去十五年間にわたって配布されてきたエスメ・タバレスのさまざまな写真も含まれていた。

ひとつの壁の上方に、ディズニーの有名な三匹のアヒル、ヒューイとデューイとルーイが描かれているポスターが貼られていた。ポスターから見下ろされる格好になるユニットで働いている三名の刑事たちの誇り高きニックネームがヒューイ・デューイ・ルーイだった。トレヴィーノ警部のオフィスが右側にあり、作戦司令室は左側だった。三番目の部屋は検屍局に貸しだされており、ふたりの検屍局調査官が利用していた。そのふたりでサンフェルナンド・ヴァレー全域と以北の自治体を管轄していた。

三名の刑事はそれぞれのワークステーションにいた。彼らは最近、市内に拠点を持つ自動車強盗一味の事件を解決した。容疑者のひとりを担当する弁護士が、刑事たちをあざけってヒューイ・デューイ・ルーイと呼んだ。三名は自分たちにつけられたそのあだ名を名誉の印として甘んじて受け入れた。

ルルデスが机の仕切り越しにこっそり目を向けてきたのにボッシュは気づいた。彼女から届いた事前の警告に対して、ボッシュはうなずいて感謝の意を示した。それはいまのところ大丈夫だと伝える合図でもあった。

ボッシュは来客たちを作戦司令室へ案内した。そこは壁にホワイトボードと液晶モニターが並んでいる防音室だった。中央に役員会議室タイプのテーブルが置かれ、八脚の革張り椅子がまわりに配されていた。この部屋は重大犯罪捜査や、合同特別捜査、地震や暴動のような緊急事態の対応をまとめるための司令室になるよう設計されていた。実際には、そのような事態はまれであり、部屋は主に食堂として利用されていた。広いテーブルと座り心地のいい椅子は、みんなで昼食を食べる場所としてうってつけだった。室内にはメキシコ料理のにおいがはっきりと漂っていた。マクレー・アヴェニューにある〈マガリーズ・タマレス〉のオーナーが、定期的に署員へ店の料理を差し入れてくれ、たいてい作戦司令室で食られていた。

「座ってくれ」ボッシュは言った。

タプスコットとソトはテーブルの片側に腰を落ち着けたが、ケネディはグルッとまわって、ふたりの向かい側に座った。ボッシュはテーブルの一方の端にある椅子を選んで座り、来訪者三名全員を見られる角度になるようにした。

「で、なにが起こっているんだ？」ボッシュは訊いた。

「まず、きちんと自己紹介をさせてもらおう」ケネディが口火を切った。「もちろん未解決事件班でいっしょに働いていたソト刑事は知ってるな。タプスコット刑事は、彼女のいまのパートナーだ。ふたりはきみが約三十年まえに扱ったある殺人事件の見直しの件で、わたしといっしょに働いてくれている」

「プレストン・ボーダーズだな」ボッシュは言った。「プレストンはどうしてる？

前回おれが調べたところでは、まだクエンティンの死刑囚房にいたが」

「彼はまだそこにいる」

「では、諸君はなぜあの事件を調べているんだ？」

ケネディが椅子を引き寄せ、テーブルの上に腕を載せて、肘をついた。ボッシュの質問にどう答えるか決めあぐねているかのように左手の指でテーブルの上をトントンと叩く。もっとも、この突然の訪問に関して、すべて下準備をしていたのが明白だったが。

「わたしは有罪整合性課《コンヴィクション・インテグリティ・ユニット》の人間だ」ケネディは言った。「耳にしているはずだ。タプスコット刑事とソト刑事に、わたしが担当している事件の一部を調べてもらった。ふたりの未解決事件に関する腕を買って」

ＣＩＵが新設の部門であり、自分がロス市警を離れてから導入されたのをボッシュは知っていた。ロス市警《ポリス》の取り締まり《ポリシング》がとても人気の高い論戦の的だった白熱した検事長選挙戦で発表された公約の具現化が、ＣＩＵの創設だった。新たに選ばれた検事長――タク・コバヤシ――は、新しい鑑識テクノロジーが、全米で投獄されている人々の無実の罪を数百件晴らすであろうという見せかけの世論の高まりに対応する部門の創設を公約した。その方向を先導する新しい科学だけではなく、かつては証拠として疑う余地がないと考えられていた古い科学も、誤りを暴かれ、無実の罪で収監されている者たちの監獄の扉をひらきつつあった。

ケネディがみずからの所属を口にするやいなや、ボッシュは万事了解し、なにが起こっているのか知った。三人の女性を殺害したと考えられているが、たった一件の殺人について有罪判決を受けたボーダーズが、三十年近く死刑囚房に収容されたいま、自由を求める最後のあがきをしているのだ。

「冗談を言ってるんだよな、だろ？」ボッシュは言った。「ボーダーズだと？　ほんとか？　正気であの事件を調べているのか？」

ボッシュはケネディから視線を逸らし、元のパートナーであるソトを見た。すっかり裏切られたような気がした。

「ルシア？」ボッシュは訊いた。

「ハリー」ソトが言った。「話を聴いてちょうだい」

2

作戦司令室の壁が自分に迫ってくるような気がした。心のなかでも現実でも、ボッシュはボーダーズを永遠に追い払っていた。あの加虐的な強姦殺人犯が薬殺刑の注射を打たれると期待はしていなかったものの、死刑囚房は、それ自体がひとつの地獄として機能していた。一般の囚人といっしょの場所に入れられるほかの刑罰よりもきつい刑罰だ。死刑判決による孤立こそボーダーズがこうむっているものだった。ボーダーズは二十六歳のときサンクエンティン州刑務所に収監された。ボッシュにとって、それはボーダーズの五十年以上におよぶ独居房への幽閉を意味していた。よほど運がよくないかぎり、それより短くはならないだろう。カリフォルニア州の死刑囚房では、注射を打たれて死ぬよりも自殺で死ぬ被収容者のほうが多い。

「きみが考えているほど単純な話ではないんだ」ケネディが言った。

「ほんとか？」ボッシュは言った。「理由を教えてくれ」

「有罪整合性課では、やってくる合法的な請願すべてを検討しなければならない。われわれの再審理処理が第一段階で、検察内でそれがおこなわれたのち、案件はロス市警あるいはほかの法執行機関へ委ねられる。案件の検討の結果、懸念要素が一定の閾《いき》値《ち》に達すると、適切な捜査をおこなうよう法執行機関に連絡がいく」

「そして、むろん、全員がその段階で機密保持を誓うわけだ」

ボッシュはそう言いながらソトを見た。ソトは顔を背けた。

「当然だ」

「ボーダーズあるいはやつの弁護士があんたにどんな証拠を提出したのか知らないが、それはデタラメだ」ボッシュは言った。「あいつはダニエル・スカイラーを殺した。その事実と異なるあらゆる言い訳はでたらめだ」

ケネディは返事をしなかったが、その表情から、被害者の名前をボッシュがまだ覚えているのに驚いている様子が見て取れた。

「ああ、三十年経ってもおれは彼女の名前を覚えている」ボッシュは言った。「ドナ・ティモンズとヴィッキー・ノヴォトニーも覚えている。充分な証拠がないとあんたの検事局が起訴を見送ったふたりの被害者の名前を。彼女たちもあんたがおこなった今回の適切な捜査に含まれているんだろうな？」

「ハリー」ソトがボッシュを落ち着かせようと声をかけた。

「ボーダーズは新たな証拠をなにも提示していない」ケネディが言う。「すでにそこにあったんだ」

その一言にボッシュはぶん殴られた。ケネディが事件の物証について話しているのがわかった。それは、ボーダーズの犯行容疑を晴らす証拠が事件現場あるいはほかのどこかにあるという意味だった。さらに重大なことに、ボッシュがその証拠を見逃したか、あるいは意図的に隠したという無能さ、いやそれどころか、背任行為すら意味していた。

「いったいなんの話をしているんだ？」ボッシュは訊いた。

「ＤＮＡだよ」ケネディは言った。「八八年当時は、起訴の証拠にはなっていなかった。カリフォルニア州でＤＮＡが刑事事件の証拠として認められるようになるまえに今回の事件は起訴されていた。翌年、ヴェンチュラ郡の裁判所で物証として提示されて、はじめて証拠として認められた。ロサンジェルス郡で認められたのはその翌年だ」

「ＤＮＡは要らなかった」ボッシュは言った。「ボーダーズのアパートに隠されていた被害者の所持品を発見したんだ」

ケネディはソトに向かってうなずいた。

「わたしたちは資料保管課にいき、箱を取りだしたの」ソトが言った。「手続きは知っているわね。被害者の着衣を科捜《ラボ》へ持っていき、ラボでは血清学検査プロトコルに従って検査した」

「三十年まえにもラボで検査がおこなわれている」ボッシュは言った。「だけど、当時は、DNAではなく、ABO式遺伝子マーカーを探した。ラボではなにも見つからなかった。きみがおれに言おうとしているのは――」

「ラボで精液が見つかった」ケネディは言った。「ごく少量だったが、今回、ラボは見つけたんだ。この殺人事件当時より、検査処理は明らかに精緻なものになっていた。しかも、ラボで見つかった精液はボーダーズのものではなかった」

ボッシュは首を横に振った。

「わかった、聞かせてくれ」ボッシュは言った。「だれの精液だったんだ?」

「ルーカス・ジョン・オルマーという名の強姦犯」ソトが言った。

オルマーという名前は初耳だった。ボッシュは頭をフル回転させ、計略や裏取引がないか探ろうとしていたが、ボーダーズに手錠をかけたときに自分が間違っていたとは考えていなかった。

「オルマーはサンクエンティンにいるんだろ？」ボッシュは言った。「こいつは一切合切――」

「いや、いないんだ」タプスコットが言った。「もう死んでる」

「少しは信用してちょうだい、ハリー」ソトが付け加えた。「こうなるような証拠をわたしたちがわざと探していたというんじゃないの。オルマーはサンクエンティンに一度も収監されていなかった。彼は二〇一五年にコルコランの州刑務所で死亡している。ボーダーズとの面識もなかった」

「日曜からこのかた、われわれは六通りの方法で確認したんだ」タプスコットが言う。「ふたつの刑務所は、五百キロ近く離れており、ふたりはおたがいを知らなかった。あるいは連絡を取り合っていなかった。関係はなかったんだ」

タプスコットの口ぶりには、ある種のもう逃げられないぞと言いたがっている調子があった。その口元をバックハンドで殴りつけたい衝動をボッシュは覚えた。ソトは元のパートナーの感情爆発の兆候を心得ており、伸ばした手をボッシュの腕に置いた。

「ハリー、あなたのせいじゃない」ソトは言った。「これはラボの責任。当時の報告書は全部保管されていた。あなたの言うとおり――ラボはなにも見つけなかった。事件当時、ラボがミスったの」

ボッシュはソトを見、腕を引いた。

「本気でそれを信じているのか？」ボッシュは訊いた。「おれは信じない。ボーダーズの仕業だ。この件の背後にやつがいる――どうにかして。おれにはそれがわかる」

「どうやって、ハリー？　この件に裏取引がないかわたしたちは探したけど、なかった」

「裁判が終わったあと、だれが証拠保管箱に手をつけたんだ？」

「だれも手をつけていない。それどころか、最後にあの箱に手をつけたのは、あなたなの。箱の上にほどこされた元の封は、あなたの名前と日付が記されて、破られていなかった。ビデオ録画を見せてあげて」

ソトはタプスコットにうなずいた。タプスコットは携帯電話を取りだし、ビデオ・アプリを起動した。画面をボッシュに向ける。

「これはパイパー・テックで撮影したものだ」タプスコットは言った。

パイパー・テクニカル・センターは、ダウンタウンにある巨大な複合施設で、ロス市警の資料保管課が置かれている場所だった。それ以外に指紋担当の部門と航空支援部隊が入っていた――フットボール競技場大の屋根をヘリポートとして使っている。

その記録保管部門における証拠保存手続きの厳格さをボッシュは知っていた。正規警察官は、どの事件の証拠を取りだすに際しても、市警から与えられたＩＤと指紋を提示しなければならない。証拠保管箱は、二十四時間稼働しているビデオ監視システムの下、検査区画で開封されなければならない。だが、この映像はタプスコットが自分の携帯電話で撮影した自前のものだった。

「これはまだＣＩＵと組むまえの撮影だ。だから、われわれは独自の手順でおこなっている」タプスコットは言った。「ふたりのうちどちらかが箱をあけ、もうひとりが一連の作業すべてを記録する。あそこに備え付けのカメラがあろうと関係ない。見てわかるように、封印は破れておらず、不正工作はない」

ビデオ映像では、ソトが保管箱をカメラに見せており、すべての面と合わせ目が元のままであるのがわかるよう箱を回転させていた。合わせ目は八〇年代当時使用されていた古いラベルで封印されていた。少なくとも過去二十年、ロス市警では、赤い証拠保全テープを使用しており、これは勝手にいじろうとするとひび割れ、めくれるようになっていた。一九八八年当時は、『ロス市警分析済み証拠』と印刷され、名前と日付が書きこめるようになっている白い長方形のステッカーが、証拠保管箱を封印するのに用いられていた。ソトはうんざりとした様子で箱を扱っており、この件で時間を無駄にしていると彼女が考えているのが見て取れた。少なくともその時点までは、ソトはボッシュの側に立っていたのだ。

タプスコットが箱の上の合わせ目に用いられている封に近づいた。ボッシュは中央のステッカーに自分の署名と一九八八年九月九日の日付があるのを見て取った。その日付は、裁判が終わって箱に封をする際のものだ、とボッシュにはわかっていた。ボッシュは証拠を箱に戻し、封印をし、資料保管課に預けた。控訴で評決が破棄され、また裁判をおこなわねばならない場合に備えて。ボーダーズの場合、そんな事態は起こらず、保管箱はおそらく資料保管課の棚にずっととどまるはずだった。自分が箱にはっきりと「187」と記したため、ときおりおこなわれる古い証拠の廃棄処分を免れるはずだからだ。「187」は、カリフォルニア州刑法典で、「殺人」を示す——証拠保管室では、それは「捨てるな」を意味していた。

タプスコットがカメラを動かすと、ボッシュは証拠封印ステッカーを用いて、底の部分を含めたすべての合わせ目を封印する自身の手順を再確認した。つねにそのやり方でやってきたのだ。赤い証拠保全テープに移行するまで。

「巻き戻してくれ」ボッシュは言った。「署名をもう一度見せてくれ」

タプスコットは携帯電話を手元に引き寄せ、動画を操作し、ボッシュが署名した封印のクローズアップ画面の画像を静止させた。その画面をボッシュに差しだしたところ、ボッシュはよく見ようとして身を乗りだした。署名は色褪せ、判読しがたかったが、本物のように見えた。

「オーケイ」ボッシュは言った。

タプスコットは動画再生を再開した。画面では、ソトがステッカーを切り、箱をあけるために、検査テーブルにワイヤーでむすびつけられているカッターナイフを使っていた。ソトは、被害者の着衣や、切った爪を収めた封筒を含む証拠品を箱から取りだしながら、正式に記録されるよう、個々の品物の名前を読み上げていった。そうした品物のなかで、タツノオトシゴの形をしたペンダントにソトは言及した。それこそまさにボーダーズに対する決定的な証拠だった。

ビデオが終わらぬうちにタプスコットはじれったそうに携帯電話を手元に戻して、再生を中断させた。そして携帯電話を仕舞った。

「あとは似たようなもんだ」タプスコットは言った。「だれもあの箱をいじっていないんだ、ハリー。裁判のあとであんたが封印した日からだれもあの箱に手をつけていない」

ボッシュはビデオを全部見る機会が得られずにムッとした。面識がない赤の他人のくせにファーストネームで呼びかけてくるタプスコットの態度にもいらだった。そのいらだちをいったん脇へ置き、押し黙ると、加虐的な殺人犯を永遠に世間から追い払ったという三十年間抱きつづけた自分の信念が偽物だった可能性をはじめて検討した。

「どこで見つけたんだ？」ようやくボッシュは口をひらいて訊ねた。

「見つけるってなにを？」ケネディが問い返す。

「ＤＮＡだ」ボッシュは答えた。

「被害者のパジャマのズボンに一カ所、ごく小さな穴大《マイクロドット》で」ケネディが言った。

「八七年当時は、容易に見過ごされていたでしょう」ソトが言った。「当時はたんにブラックライトを使っていただけでしょうから」

ボッシュはうなずいた。

「で、今回はなにがあるんだ？」ボッシュは訊いた。

ソトはケネディのほうを見た。いまの質問に答えるのは、ケネディの役目だった。

「違法拘束の申し立てに関する審理が来週の水曜日に第一〇七号法廷で予定されている」検事補は言った。「ボーダーズの弁護士たちと落ち合い、ホートン判事に判決取り消しと、死刑囚房からの釈放を頼むつもりだ」

「なんてこった」ボッシュは言った。

「ボーダーズの弁護人は、損害賠償請求をすると市にすでに通告している」ケネディはつづけた。「われわれは市法務局と連絡を取っており、彼らは和解交渉を希望している。おそらく七桁の金額で手打ちになるだろう」

ボッシュはテーブルに視線を落とした。だれの目も見ていられなかった。

「それからきみに警告しておかねばならない」ケネディが言った。「もし和解が成立せず、ボーダーズが連邦裁に訴えを起こせば、やつはきみを個人的に追及できる」

ボッシュはうなずいた。それについてすでにわかっていた。ボーダーズが起こす市民権侵害の訴えは、もし市側がボッシュを擁護しないと決めたなら、ボッシュに直接損害請求が向かうだろう。二年まえ、年金の満額給付の復旧を求めてボッシュが市を訴えていたため、ボーダーズが請求する損害に対してボッシュを保護しようと動く職員は市法務局にひとりも見つかりそうになかった。かかる現実をまえにして脳裏に浮かぶのは娘の姿だった。自分が死んだら生命保険だけは娘に残せる。

「残念だわ」ソトが言った。「ほかになにか取る手があれば……」

ソトは最後まで言い終えず、ボッシュはゆっくりと視線を起こしてソトの目を見た。

「九日だ」ボッシュは言った。

「どういう意味？」ソトが訊く。

「審理は九日後にある。やつの手口を突き止めるのにそれまでの時間がある」

「ハリー、わたしたちはこの件に五週間かけてきたの。なにもなかった。これはオルマーがだれかのレーダーにかかるまえの事件なの。オルマーは当時、刑務所に入っておらず、ロスにいたのだけは、わたしたちにわかっている——勤務記録を見つけたの。だけど、DNAはDNAで動かしようがない。被害者の寝間着に、複数回の拉致強姦の罪でのちに有罪になった男のDNAが付着していた。強姦事件は全部住居侵入で起こっていたの——スカイラーの事件ととても似ている。だけど、死者は出ていない。つまり、事実を見て、と言いたいの。この件を担当しようとしたり、別の見方をしたりする検事は、世のなかにだれもいないでしょう」

ケネディが咳払いをした。

「われわれがきょうここに来たのは、きみに敬意を払ってだ、刑事。永年にわたってきみが解決してきた事件にも敬意を払っている。この件で敵対する立場に立ちたくはない。そうなればきみにとって都合が悪くなるだろう」

「で、あんたはおれが解決したすべての事件が今回の件に影響されるとは思わないのか？」ボッシュは言った。「あんたがやつにドアをひらけば、おれが刑務所に送りこんだすべての人間にドアをひらくかもしれないんだぞ。ラボに再鑑定を頼めば——おなじ事態が起こる。あらゆるものに悪影響を与えてしまうんだ」

ボッシュは椅子に寄りかかると、元のパートナーをじっと見た。一時期、ボッシュはソトの精神的指導者だった。この事態がボッシュになにをもたらすのか、ソトは知っておかねばならない。

「これが現実だ」ケネディは言った。「われわれには義務がある。『ひとりの無実の人間が投獄されているくらいなら、百人の有罪の人間が釈放されるほうがまし』なのだ」

「できの悪いベンジャミン・フランクリン流のたわごとは聞かせないでくれ」ボッシュは言った。「失踪した三人の女性全員をボーダーズと結びつける証拠をおれたちは見つけたのに、あんたのところの検事局はそのうちふたりをパスしやがった。どこぞの洟垂れ小僧の検察官が、証拠不充分だと抜かしてな。今回の件は、まったく筋が通らない。おれは残された九日間、自分で捜査したい。そっちが持っている材料のすべてと、調べたあらゆる内容にアクセスしたい」

ボッシュはそう言いながらソトを見たが、返事をしたのはケネディだった。

「だめだな、刑事」ケネディが言った。「いまも言ったように、われわれがここにいるのは、礼儀からだ。だが、きみは今回の件にはもう関わっていない」

ボッシュが反駁《はんばく》するまえにドアを強く叩くノックの音がして、ドアがほんの少しひらいた。ベラ・ルルデスがそこに立っていた。

ルルデスはボッシュを手招きした。

「ハリー」ルルデスは言った。「いますぐ話がしたい」

彼女の声には切迫感があり、ボッシュは無視できなかった。テーブルについているほかの人間に視線を戻してから、ボッシュは腰を上げはじめた。

「ちょっと待っててくれ」ボッシュは言った。「まだ話はすんでいない」

ボッシュは立ち上がり、戸口へ向かった。ルルデスは指を使ってボッシュにドアの外へ出るよう合図した。彼女はボッシュが外へ出ると、ドアを閉めた。刑事部屋にはほかに人がいない、とボッシュは気づいた——刑事三名の机が集まっているところにはだれもおらず、警部の部屋のドアはあいていて、そこのデスクチェアは無人だった。

そしてルルデスは動揺しているのが明白だった。ショートにしている黒髪を両手で耳のうしろにかけた。仕事に復帰して以来、この小柄で引き締まった体をした刑事がよく見せているのにボッシュが気づいていた不安を示す癖だ。

「なにがあった？」

「モールの薬局《ファルマシア》に強盗が入り、ふたりが殺された」

「ふたりって？　警官か？」

「いえ、薬局の従業員。カウンターの奥で。二件の殺し《187》。本部長は署員全員をこの事件に当たらせたがっている。あなたはいける？　わたしといっしょの車でいく？」

ボッシュは作戦司令室の閉ざされたドアを振り返り、その部屋で話された内容について考えた。あの件でおれはなにをする気だろう？　どうやって対処する気だろう？

「ハリー、ねえ、わたしはいかないと。来る、それとも来ない？」

ボッシュはルルデスに視線を戻した。

「わかった、いこう」

ふたりは、建物の横にある駐車場に直接通じている通用口に足早に向かった。その駐車場には刑事たちや署の幹部職員が車を停めていた。ボッシュは携帯電話をシャツのポケットから抜き取り、録音アプリを切った。

「あの人たちはどうするの？」ルルデスが訊いた。

「どうでもいい」ボッシュは言った。「そのうち、放っておかれたのに気づくだろう」

3

サンフェルナンド市は、わずか広さ六・五平方キロメートル、四方をすべてロサンジェルス市に囲まれている自治体である。ハリー・ボッシュにとって、そこは言うなれば〝干し草のなかにある一本の針〟、すなわち、万に一つの見つけがたいものだった。自分にはまだ与えられるものがあり、まだ果たせていない使命があると信じているのにロス市警で勤められなくなり、どこにも行き場がなくなったように思えたときに見つけた、小さな場所であり、仕事だった。二〇〇八年の不況のあとにつづいた何年もの予算削減の煽《あお》りを受け、四十人いた警察官の四分の一を解雇したあげく、サンフェルナンド市警は、引退した法執行機関職員を集めた非営利活動部隊の創設に積極的に動いた。パトロール業務から通信業務、刑事業務にいたるまで市警のすべての部門で働いてもらうようにするために。

バルデス本部長から連絡があり、未解決事件で一杯に詰まった古い刑務所の囚房があり、だれもその事件に取りくむ者がいないと伝えられたとき、ボッシュは、溺れた人間に命綱が投げられたような気がした。

ボッシュは孤独で、ただ途方に暮れていた。ほぼ四十年奉職してきた市警をいきなり離れ、同時に娘が大学進学のため家を出ていった。なによりもその申し出は、ボッシュがやり残した感を覚えていた時期にもたらされた。多年を費やしてきたあげく、自分がいつかロス市警のドアから出て、二度と入るのを許されないときが来るとは思ってもみなかったのだ。

たいていの男性がゴルフをはじめたり、ボートを買ったりする人生の時期に来て、ボッシュは不完全燃焼感をすこぶる抱いていた。ボッシュは、事件の解決人《クローザー》だった。事件に取りくむ必要があり、私立探偵や刑事弁護調査員として仕事をするのは、結局自分に合っていなかった。ボッシュは本部長の申し出を受け、ほどなくして自分がサンフェルナンド市警のクローザーであると証明しつつあった。そしてたちまちのうちに未解決事件に取りくむ非常勤の職員から刑事部全体を指導する立場になった。ヒューイ・デューイ・ルーイ三人組は、ひたむきで優れた捜査員だったが、三人合わせても刑事としての経験は十年に満たなかった。トレヴィーノ警部は、通信部門と刑務所両方の監督もおこなっているため、刑事部専任ではなかった。ルルデスとシストとルゾーンに使命を教えるのがボッシュの役目になった。

モールは街の中央を通るサンフェルナンド・ロードに二ブロックにわたって延びており、小規模商店や会社、バー、レストランが並んでいた。市の歴史的地区であり、モールの一方の端には、何年もまえに閉店し、無人となった大型デパートが鎮座していた。デパートの正面ファサードにはまだ〈JCペニー〉の看板がかかっている。それ以外の看板の大半はスペイン語で書かれており、そこに謳われている商売は市の過半数を占めるラテン系住民の需要に応えるものだった。主にブライダルと十五歳の誕生日《キンセアニェーラ》用ショップ、リサイクルショップ、そしてメキシコ産商品の販売店だった。

警察署から発砲事件現場まで車で三分の距離だった。ルルデスは自分の覆面パトカーを運転していた。ボッシュは、目のまえにある仕事に集中できるよう、ボーダーズ事件と作戦司令室で話し合われた内容を考えないようにしようとした。

「で、いまわかっているのは？」ボッシュは訊いた。

「〈ラ・ファルマシア・ファミリア〉でふたり死亡」ルルデスが答えた。「店にやってきて、被害者のひとりを目撃した客から通報が入った。駆けつけたパトロール警官が店の奥でふたりめを発見。ふたりとも店の従業員だった。ふたりは父と息子だった模様」

「息子とは成人男性か？」

「ええ」

「ギャングがらみ？」

「不明」

「ほかになにか？」

「以上。うちに連絡があったときグッデンとサンダーズが出動した」

グッデンとサンダーズは、刑事部にあるオフィスを間借りしているふたりの検屍局調査官だった。彼らがとても間近にいるのは、幸運だった。ロス市警で事件の捜査にあたっていた当時、時には検屍局調査官の到着を一時間かそれ以上待つ羽目になったのをボッシュは覚えていた。

サンフェルナンドで働くようになってからボッシュは三件の未解決殺人事件に結着をつけていたが、ここに来て以来、今回の事件がはじめての生の殺人事件捜査になるだろう。すなわち、被害者たちが床に倒れているリアルな殺人現場があるという話だ。ファイルから取りだしてじっくり見つめる、ただの写真しかないのとちがって。捜査の手順やペースはきわめて異なるものになるだろう。それがボッシュを活気づけた。たったいま逃れてきた打ち合わせで動揺していたにもかかわらず。

ルルデスがモールに車を進めると、ボッシュは前方を見、捜査がすでに間違った方向へ動いているのを見て取った。三台のパトカーが薬局《ファルマシア》の真正面に停められており、三台の距離が近すぎた。モールの二車線の道路は封鎖されておらず、車を運転している者たちは、警察の活動の原因をかいま見ようと期待して、商店のまえでそれぞれの車をゆっくり進めていた。

「ここで停めてくれ」ボッシュは言った。「パトカーの場所が近すぎる。おれが下がらせて、道路を封鎖させる」

ルルデスは指示されたとおりにし、薬局のまわりに集まりはじめている野次馬の群れからは、そこそこ離れたところにある〈トレス・レイエス〉という名のバーの正面に車を停めた。

すぐにボッシュとルルデスは車を降り、群衆をかきわけて進んだ。黄色い事件現場保全テープがパトカーのあいだに張り巡らされ、ふたりのパトロール警官が一台のパトカーのトランクのそばに立って話をし、もうひとりのパトロール警官が薬局の正面ドアを見張っていた。ベルトのバックルに両手をかけて立っている。パトロール警官がよくやるポーズだ。

ボッシュは事件現場に含まれている店の正面ドアが砂袋で押さえられてあいたまま

になっているのを見た。砂袋はおそらくパトカーのトランクに入っていたものだろう。バルデス本部長やほかの刑事たちの姿は見えなかったが、彼らが全員店内にいるという意味なのだろう、とボッシュにはわかった。

「クソ」ドアに近づきながらボッシュは毒づいた。

「なに？」ルルデスが訊ねる。

「船頭が多すぎる……」ボッシュは言った。「ちょっとここで待っててくれ」

ボッシュはルルデスを外に残し、薬局に入った。そこは商品棚の通路が数本しかない小さな店舗で、突き当たりが調剤カウンターになっていた。カウンターの奥にバルデスがシストとルゾーンとともに立っているのが見えた。三人は下を向いており、死体のひとつを見ているのだろう、とボッシュは推察した。トレヴィーノの姿はなかった。

ボッシュは彼らの関心を惹こうとして短く低い音の口笛を鳴らしてから、店の外へ出るよう合図した。そののち、回れ右をして、ドアから外へ戻った。

外に出て、ボッシュはルルデスとともに待った。三人の男たちが店の外に出てくると、ボッシュは砂袋を足でどかし、ドアが閉まるにまかせた。

「本部長、ここからわたしがはじめてかまいませんか？」

ボッシュはバルデスに視線を向け、本部長がうなずくのを待った。ボッシュは捜査の指揮をとる許可を求めており、関係者全員にそれを明確にさせておきたかった。

「仕切ってくれ、ハリー」バルデスは言った。

ボッシュは集まっているパトロール警官たちの注意を引きつけ、彼らも近くに来るよう合図した。

「オーケイ、みんな聞いてくれ」ボッシュは言った。「ここで一番優先すべきなのは、事件現場の保全だ。だけど、われわれはそれをおこなっていない。パトロール、諸君はそれぞれのパトカーを移動させ、このブロックを両端で封鎖してくれ。テープを張るんだ。許可なくだれも入ってこさせるな。そののち、両端にクリップボードを持って待機し、事件現場に入ってくる警察官や鑑識の人間全員の名前を書き留めろ。なかへ通すすべての車のプレートナンバーも書き留めてくれ」

だれも動かなかった。

「聞いただろ」バルデスが言った。「諸君、さあ動いてくれ。ここにふたりの市民が斃《たお》れているんだ。彼らと署のためにすぐやるんだ」

パトロール警官たちはボッシュの命令を実行するため、すぐさまそれぞれのパトカーに戻った。

ボッシュとほかの刑事たちは別れ、通りに集まっている野次馬たちを追い払いに向かった。なかにはスペイン語で声高に質問してくる者もいたが、ボッシュは返事をしなかった。自分が押し戻している相手の顔に目を走らせる。殺人犯が彼らのなかにいる可能性がある、とわかっていた。そんなケースが過去に何度かあった。

事件現場をふたつにゾーン分けしたのち、ボッシュと本部長と三人の刑事は薬局のドアのそばに再度集まった。ボッシュは、もう一度、自分の権限の確認をするため、バルデスを見た。自分のこれからの動きが好意的に受け入れられないだろうと予想していたからだ。

「この事件はまだわたしの仕切りですか、本部長？」ボッシュは訊いた。

「すべてきみの仕切りだ、ハリー」バルデスは言った。「どうやりたい？」

「そうですね、まず事件現場のなかの人間を限定したい」ボッシュは言った。「この事件を法廷に持っていったとします。相手側の刑事弁護士は、現場でわれわれが押し合いへし合いして、うろつきまわっていたのを知れば、手当たり次第に攻撃する的をたくさん手に入れたのも同然になります。陪審に混乱をもたらす材料をたくさん手に入れるわけです。ですので、なかに入る人間はふたりに限りましょう。そのふたりはルルデスとわたしにします。シストとルゾーン、きみたちには店の外の事件現場を担当してもらう。このまえの通りをそれぞれ外へ向かって進んでくれ。目撃者それにカメラを探してほしい。われわれは——」

「先に到着したのはおれたちだ」ルゾーンはそう言って、自分とシストを指さした。「おれたちが担当する事件になるべきであり、なかに入るのはおれたちであるべきだ」

ほぼ四十歳のルゾーンは三人の常勤捜査員のなかで最年長だったが、刑事としての経験は一番少なかった。十二年間パトロールを担当したのち、六ヵ月まえに刑事部に異動になったばかりだった。ルゾーンが刑事に昇進したのは、ルルデスの休職で空いた席を埋めるためであり、バルデス本部長は、サン・フェルスと呼ばれている地元ギャングに起因する窃盗犯罪が多発した時期にルゾーンを刑事にするための予算を確保した。ボッシュは、ルゾーンが昇進してからの様子を観察してきたが、熱心で優れた刑事であるという結論を下していた——バルデスのいい選択だった。だが、まだ事件でルゾーンと組んだ経験がなく、ルルデスとはその経験があった。ボッシュは、この事件でルルデスに主導権を握らせたかった。

「そういうふうにはならない」ボッシュは言った。「ルルデスが指揮を執る。きみとシストには、通りの両方向に二ブロック分調べてもらう。逃走車両を捜すんだ。ビデオも探す。ふたりにはそれを見つけてもらわねばならない。重要だ」

ボッシュには自分の命令に再度逆らおうとする衝動をルゾーンが抑えようとしているのが見て取れた。だが、ボッシュは本部長を見た。バルデスは胸のまえで腕組みをしていた。最終権限を持つこの男は異議がある態度を示していなかった。

「わかった」ルゾーンは言った。

ルゾーンは一方の方向へ向かい、シストは反対側の方向へ向かった。シストは仕事の割り振りにわざわざ文句を言わなかったが、がっかりした表情を浮かべていた。

「なあ、諸君」ボッシュは言った。

ルゾーンとシストが振り向いた。ボッシュはルルデスと本部長に加わるよう合図した。

「いいか、おれは横柄な人間になろうとしてはいない」ボッシュは言った。「おれは、山ほどどじを踏んで経験を重ねてきた。われわれは自分たちのミスから学ぶんだ。三十年以上、殺人事件の捜査を担当してきて、おれはたくさんのミスをした。そのキツい経験から学んだものを活かそうとしているだけなんだ。わかってもらえるだろうか？」

ルゾーンとシストは渋々うなずき、それぞれの割り当てられた任務に向かった。

「プレートナンバーと電話番号を記録するように」ボッシュは彼らの背後に呼びかけ

たものの、すぐに不必要な指示だと悟った。

ふたりが姿を消すと、本部長はハドルをほどいた。

「ハリー」バルデスは言った。「ちょっと話そう」

ボッシュは気まずい思いをしながら、歩道にルルデスをひとり残し、バルデスのあとを追った。本部長が静かに口をひらいた。

「いいか、あのふたりになにを教えようとしているのか、キツい経験をしてきみがなにを学んだのか、わたしにはわかる。だが、きみに捜査の指揮を執ってもらいたい。ベラは優秀だが、復職したばかりで、こわごわ仕事をはじめたところだ。この事件——殺人事件——は、きみが三十年間、仕事にしてきたものだ。これこそきみがここにいる理由だ」

「おっしゃることはわかります、本部長。ですが、わたしを捜査責任者にはしたくないと思うようになりますよ。この件が法廷に持ちこまれる際について考える必要があります。すべては、裁判のための立証に関わっているんです。非常勤の人間を捜査責任者にしたくはないでしょう。ベラがいいと思うはずです。評判を落とそうと彼女は誹謗中傷にさらされるでしょうが、去年のあの事件で、ああいう体験を経たあげく、仕事に復帰したのですから、そういう中傷に負けないはずです。彼女はヒーローであり、あなたが証言席につかせたいのはそんな人間のはずです。そこへ持ってきて、ベラは優秀であり、今回の事件の指揮を執る用意ができています。それに加えて、ダウンタウンからまもなくやってくるであろうある問題をわたしは抱えかねないんです。大きな混乱をもたらしかねない問題です。わたしを捜査責任者にはしたくないと思われるはずです」

バルデスはボッシュを見た。〝ダウンタウン〟というのが、サンフェルナンド市警の外からという意味だと、つまりボッシュの過去からの脅威だという意味だと、バルデスにはわかっていた。

「けさ、来客があったと聞いてるよ」バルデスは言った。「それについてあとで話をしよう。わたしにはなにをやらせたい？」

「マスコミ対応です」ボッシュは言った。「連中は、まもなくこの事件を嗅ぎつけ、姿を現しはじめるでしょう。『メインストリートでふたり死亡』というのは、ニュースになるでしょう。司令所を設置し、連中がやってきだしたら、囲いこんでもらわねばなりません。そこで出す情報のコントロールをしてもらいたいんです」

「わかった。ほかになにかあるか？　綿密な捜査にはもっと人手が要るだろう。パトロールから人を引っ張ってこられるぞ。この事件の全容を把握するまで、すべてのパトカーからひとり引っ張ってきて、残るひとりに単独パトロールをおこなわせる対応をとれる」

「いいんじゃないですか。この周辺の店舗には、おおぜい人がいたはず。だれかがなにかを目撃したかもしれない」

「わかった。古い〈ペニー〉の店をあけさせて、司令所として使えるとしたらどうだろう？　あのビルの持ち主とは知り合いなんだ」

ボッシュは通りの向かいを半ブロックいったところにある閉店して久しいデパートのファサードを見た。

「われわれはここに遅くまでいるでしょうね。あそこに明かりを点けさせられるなら、がんばって下さい。トレヴィーノ警部はどうしています？　近くにいるんですか？」

「わたしがここにいるあいだの職務代行をさせている。トレヴィーノが必要かね？」

「いえ、あとで必要な情報を伝えられます」

「では、きみにここを任そう。この事件で早急な結論が必要なんだ、ハリー。もし結論があるのであれば」

「了解しました」

本部長は立ち去り、ルルデスがボッシュのそばにやってきた。

「当ててみようか、彼はわたしを捜査責任者にしたくなかったんだ」ルルデスが言った。

「おれにやらせたがった」ボッシュは言った。「だけど、きみのせいじゃない。おれはやらないと断った。きみの担当事件だと言ってやった」

「それってけさあなたを訪ねてきた三人の客に関係してる？」

「ひょっとするとな。それから、この事件に対処できる能力をきみが持っているという事実にも関係している。なかに入って、グッデンとサンダーズを監督してはどうだ？　おれは保安官事務所のラボに連絡して、到着予定時刻を訊く。まずやりたいのが写真撮影だ。現場の写真を全部撮り終わるまで、ふたりには死体を動かさせるな」

「了解」

「死体は検屍官のものだ。だが、事件現場はわれわれのものだ。それを忘れるな」

ルルデスは薬局《ファルマシア》のドアに向かい、ボッシュは携帯電話を取りだした。

サンフェルナンド市警は、とても小さな警察であり、自前の鑑識チームを持っていなかった。保安官事務所の犯罪現場部門に頼っており、後回しにされる場合がままあった。ボッシュがラボの連絡係に電話をかけたところ、一チームがサンフェルナンドへ向かう途中である、と告げられた。ボッシュは連絡係に、自分たちが扱っているのが二重殺人であり、第二のチームを寄越してもらうよう頼んだが、拒否され、余分にまわせる第二のチームはない、と言われた。ふたりの技官と、ひとりの写真撮影兼ビデオ撮影係がやってこようとしていたが、それだけだった。

電話を切ると、ボッシュはさきほど命令を与えたパトロール警官のひとりが、このブロックの端にある新たな事件現場の境界に立っているのに気づいた。

黄色いテープが道路を横断して張られており、モールを通り抜ける道を塞いでいた。パトロール警官はベルトのバックルに両手を置いて、ボッシュを見ていた。

ボッシュは携帯電話を仕舞い、黄色いテープとそこを受け持っている警官のところまで通りを歩いていった。

「なかを見るんじゃない」ボッシュは言った。「外を見ろ」

「なんです？」警官が問い返す。

「きみは刑事たちを見ているだろ。きみが見るべきなのは、通りだ」

ボッシュはパトロール警官の肩に手を置き、テープのほうへ向きを変えさせた。

「事件現場の外を見張るんだ。こっちを見ている連中を探せ。ふさわしくない人間を探すんだ。犯人が捜査の様子を窺うため現場にどれくらい戻ってくるのか、知れば驚くぞ。とにかく、きみは事件現場を眺めるのじゃなく、守っているんだ」

「わかりました」

「けっこう」

そのあとほどなくして保安官事務所の鑑識チームが到着し、ボッシュは、カメラマンがなかに入り、死体のみ見えている事件現場の写真およびビデオの予備的な撮影をできるよう、全員薬局から外へ出るように命じた。

外で待っているあいだにボッシュは手袋をはめ、紙製の使い捨てオーバーシューズを履いた。

カメラマンから入って問題なしという合図があると、鑑識技官たちがドアに吊したビニール製の事件現場目かくしカーテンをかきわけ、チーム全員が薬局のなかに入った。

グッデンとサンダーズはそれぞれ別れて、死体の検分をつづけていた。ルルデスとボッシュはまず薬局カウンターの奥へ入った。そこではグッデンと事件現場技官のひとりが最初の死体を調べていた。ルルデスは手帳を取りだし、自分が見ているものについて書きつけていこうとした。ボッシュはパートナーの耳元に体を近づけ、囁いた。

「まず観察だけに時間をかけるんだ。メモを取るのはけっこうだが、くっきりとした映像情報こそ、心に長く留まる」

「わかった。やってみる」

ボッシュが殺人事件担当刑事の若手だったころ、フランキー・シーハンという名のパートナーとチームを組んでいた。フランキーは覆面パトカーのトランクにいつも牛乳を入れるための古い木箱を置いていた。その木箱をどの現場にも運びこみ、眺めるのに適した場所を見つけると、木箱を置いた。そして木箱に腰掛け、現場をひたすら観察し、そのニュアンスを吟味し、その場で発生した暴力行為の手段と動機を量ろうとした。シーハンはダニエル・スカイラー事件でボッシュとともに捜査にあたり、激しい暴行を受けた死体が裸のまま床に置きっぱなしにされた部屋の隅に木箱を置いて腰を下ろした。だが、シーハンはとっくの昔に亡くなっており、今回の事件でボッシュを待ち受けている急降下を味わいはしないだろう。

4

〈ラ・ファルマシア・ファミリア〉は、小規模経営の店で、おもに処方薬を求める客をあてにした商売をしているようにボッシュには思えた。店の前半分には、家庭薬や介護関連の小売商品が棚に収められた短い通路が三本あった。商品のほぼすべてがメキシコから輸入されたスペイン語記載の箱に入っていた。グリーティングカードの棚や店頭販売用の専用棚に入ったキャンディや、ソーダ類と水を入れた冷蔵ケースはなかった。この店は市内のあちこちにあるドラッグストアのチェーン店とはまるで似ていなかった。

店の奥の壁全体が、実際の薬局になっていた。そこにはカウンターがあり、奥に薬剤の保管場所と調剤のための作業場所があった。店の前半分は、この店で発生した犯罪にまったく影響を受けていないように見えた。

ボッシュは通路を通って、左側に向かい、薬局カウンターの裏に通じるスイングドアにやってきた。グッデンがカウンターの裏で、ひとりめの死体の隣にしゃがんでいるのが見えた。五十代前半の男性の死体のようだった。カウンターのすぐ裏で仰向けに倒れており、両手を上げ、肩の高さのところでてのひらを向けていた。名前が刺繍されている白い薬剤師のコートを着ていた。

「ハリー、ホセと会ってくれ」グッデンが言った。「少なくとも、指紋で確認するまで、この男はホセだ。胸に貫通銃創がある」

グッデンはその報告をしながら親指と人差し指で銃の形を作り、銃口を死人の胸に押しつけた。

「至近距離からの直射か？」ボッシュは訊いた。

「ほぼ」グッデンは答えた。「十五センチから三十センチの距離だろう。ガイシャはたぶん両手を上げて、降参の姿勢を示していたのに、犯人は撃ったんだ」

ボッシュはなにも言わなかった。いまは観察モードに入っていた。この現場に関する自分自身の印象を形成してから、被害者が撃たれたときに両手を上げていたのか、下げていたのかを判断するつもりでいた。グッデンからのいまの情報は無用だった。

ボッシュはしゃがみこみ、死体のまわりの床を見まわすと、さらに身をかがめて、カウンターの下を覗きこんだ。

「どうしたの？」ルルデスが訊いた。

「薬莢《ブラス》がない」ボッシュは言った。

排出された薬莢がないのは、ボッシュの考えでは、ふたつの可能性のうちどちらかだった。殺人犯がわざわざ時間をかけて薬莢を拾い上げたのか、あるいはリボルバーを使ったのかのどちらかだ――リボルバーは薬莢を排出しない。どちらにせよ、注目に値する点だとボッシュには思えた。決定的な証拠を拾い上げるのは、冷静な計算上の犯行を示唆していた。リボルバーを使うのも同様だ――決定的証拠をあとに残さないであろうから選ばれた武器。

ボッシュとルルデスは薬局カウンターの左側にある通路に移動した。長さ六メートルの通路は、作業エリアと倉庫エリア、休憩室につながっていた。その通路の行き止まりには、二重鍵の付いたドアがあり、出口の標識と覗き穴があった。配送品を受け取る裏の通用路に通じていると思しかった。

そのドアの手前でふたりめの検屍局技師、サンダーズが、もう一体の死体の隣に膝をついていた。その死体も薬剤師のコートを着た男性だった。死体はうつぶせになっており、片方の腕をドアに向けて伸ばしていた。床に血痕が線状に付着して死体までつづいていた。ルルデスは血を踏まないように気をつけながら、通路の端を歩いた。

「で、ここにホセ・ジュニアがいる」サンダーズが言った。「着弾点が三ヵ所ある。背中と直腸と頭――その順番で当たった可能性がきわめて高い」

ボッシュは死体をさえぎるもののない形で見られるよう、ルルデスから離れ、血痕をまたいで、通路の反対側に移動した。ホセ・ジュニアは床に右の頰を付けて倒れており、両目は半眼にひらかれていた。二十代前半のようで、あごにポツポツとひげを生やしていた。

血と銃創はそこにいたる事情を物語っていた。トラブルの最初の兆候に気づいたホセ・ジュニアは、裏口のドアに向かって駆けだした。必死になって通路を走る。背中の上方に当たった最初の銃弾で彼は倒された。床に倒れたまま、タイルに血をこぼしつつ、振り返ってうしろを見ようとした。彼は銃撃犯が近づいてくるのを見て、向き直り、ドアに向かって這い進もうとした。膝が血に滑り、血を床に塗ったくる。銃撃犯がやってきて、ふたたび彼を撃った。今度は直腸に。そののち、一歩まえに出て、後頭部への一発でけりをつけた。

ボッシュは以前の事件で直腸への射撃を何度か目にしており、関心を惹かれた。

「パイプを飛び出していった銃弾だが――どれくらいの近さで撃たれた？」ボッシュは訊いた。

サンダーズは手袋をはめた手を伸ばして、被害者のズボンの生地をピンと張り、射入口がはっきり見えるようにした。反対の手で、生地が燃えている箇所を指さす。

「ここを撃たれている」サンダーズは言った。「直射だ」

ボッシュはうなずいた。視線を上へ移動させ、背中と頭部の傷を見る。その二ヵ所の射入口の傷は、ホセ・シニアの胸の銃創よりも形が崩れておらず、小さいようにボッシュには思えた。

「異なる二挺《ちょう》の銃があったと考えているのか？」ボッシュは訊いた。

サンダーズはうなずいた。

「賭けるとしたらな」サンダーズは言った。

「しかも、薬莢はない？」

「すぐにわかるものはない。死体をひっくり返してみたら確認できるだろうが、三発分の薬莢が体の下から出てきたら、奇蹟だろうな」

「オーケイ、やるべき仕事をやってくれ」ボッシュは言った。

ボッシュは慎重に通路を引き返し、薬局の作業エリアと倉庫エリアに戻った。上を向いて調べはじめると、すぐにドアの上の天井の隅に防犯カメラが設置されているのが目に入った。

ルルデスがボッシュのあとからその部屋に入ってきた。ボッシュが指で天井の隅を示したところ、ルルデスはカメラを見た。

「録画データが必要だ」ボッシュは言った。「オフサイト監視か、あるいはウェブサイトにデータが残るものであればいいのだが」

「調べられるでしょう」ルルデスは言った。

ボッシュはその部屋をじっくりと見渡した。錠剤のストックが保管されたプラスチック製のひきだしが相当数引きだされて床に落とされ、バラバラの錠剤が床に散らばっていた。この先待ち受けている、薬局になにがあり、なにが奪われたかの確認作業の困難さがボッシュにはわかった。床にあるひきだしの一部はほかのひきだしより大きく、そこには一般的な処方薬が入っていたのだろう、とボッシュは推測した。

作業台に一台のコンピュータが載っていた。計測用装置やプラスチックの容器に錠剤を詰めるための装置、それにラベル・プリンターもあった。

「カメラマンを呼びにいってくれないか?」ボッシュはルルデスに頼んだ。「われわれが錠剤を踏んで、砕いてしまわぬうちに、ここのを全部撮影してもらうようにしてくれ。もう事件現場の捜査過程のビデオ撮影もできると伝えてほしい」

「わかった」ルルデスは言った。

ルルデスが出ていくと、ボッシュはふたたび通路に移動した。この場にあるすべての錠剤と証拠物を集め、書類に記録しなければならない、とボッシュにはわかっていた。殺人事件はつねに真ん中からゆっくりと外へ動く。

往時であればボッシュはこの時点で煙草を吸うため、外へ出て、じっくり物事を考えただろう。今回、ボッシュはたんに考えごとをするため、ビニール・カーテンを抜けて、外へ出た。それとほぼ同時にポケットのなかで携帯電話が振動した。発信者非通知の電話だった。

「あれはひどい仕打ちよ、ハリー」ボッシュが電話に出ると、ルシア・ソトが言った。

「すまん、緊急事態だったんだ」ボッシュは言った。「いかなければならなかった」

「一言声をかけられたでしょうに。わたしはこの件であなたの敵じゃない。あなたのために反則を承知で邪魔をしようとしていたの、注目されないようにした。今回、あなたがちゃんとプレーしていたら、咎《とが》はラボかあなたの元のパートナーに向かったでしょう——もう亡くなっている人に」

「ケネディとタプスコットはいまいっしょにいるのか？」

「いいえ、いるわけない。これはあなたとわたしだけの話よ」

「きみがケネディに渡した報告書のコピーが手に入るだろうか？」

「ハリー……」

「だろうな。ルシア、おれの味方だと言わないでくれ、おれのために邪魔をしているなんて、味方じゃないのなら。なにが言いたいのかわかるだろ？」

「捜査中の事件のファイルを外部の人間とわかちあえるわけがない――」

「あのな、いまここでとりこみ中なんだ。気が変わったら連絡してくれ。覚えているが、きみにとって重要な意味を持つ事件がかつて存在していたよな。おれたちはパートナーだった。おれはきみのためにその場にいた。いまでは事情が変わってしまったようだ」

「その話を持ちだすのは卑怯よ。わかってて言ってるでしょ」

「もうひとつあるんだが。おれはパートナーをけっして裏切らない。たとえ死んだパートナーであっても」

ボッシュは電話を切った。疚《やま》しさを覚えた。ソトにきつく当たってしまったが、必要としているものを寄越してくれるよう彼女に圧力をかける必要があると感じていた。

ロス市警のキャリアの終わりごろは未解決事件の捜査を担当していたため、最後に生の殺人現場に取りくんでから久しかった。事件現場に戻ってくると本能が古い習慣を呼びさました。ボッシュは一服したいという強い衝動を感じた。一本もらえるようなだれかがいないかとあたりを見まわしたところ、ルルデスがこのブロックの近いほうの端から近づいてくるのが見えた。困った表情を浮かべている。

「どうした？」

「カメラマンに話しにいったところ、現場保全テープのところに来るよう合図をされた。被害者の妻であり母親であるミセス・エスキベルがテープのところで押しとどめられていて、彼女はとても取り乱していた。わたしが促して彼女に車に乗ってもらった。彼女は署へ連れていかれるわ」

ボッシュはうなずいた。被害者の家族を事件現場から引き離すのは正しい行動だった。

「彼女の話を聞くのは、きみが担当するのか？」ボッシュは訊いた。「署にあまり長く留めてはおけないぞ」

「どうかな」ルルデスは言った。「たったいまわたしは彼女の人生を台無しにしてしまったところ。わたしの説明で、彼女にとって大切だったあらゆるものが突然消えてしまった。夫とたったひとりの子どもが」

「わかってるが、きみは彼女と心を通わせなければならん。だれにもわからないが、この事件の捜査は何年もつづくかもしれないんだ。彼女は捜査をつづけている人間を信頼しなければならなくなるだろう。きみはスペイン語が堪能だし、この先長いあいだ勤めるだろう。おれはそうじゃない」

「わかった、やってみる」

「息子に重点を置け。友人関係、働いていないときになにをやっていたのか、敵、そうしたあらゆる情報を探るんだ。どこに住んでいたのか、付き合っていた女性がいたのかどうか、探しだせ。それから、ホセ・シニアが仕事上、なんらかの問題を抱えていたかどうか、彼女に訊くんだ。息子がこの事件の鍵になるだろう」

「肛門への一発からそこまで判断したの？」

ボッシュはうなずいた。

「以前におなじものを見た。プロファイラーに相談したある事件だ。怒りの銃撃だった。そこに報復だとはっきり刻まれていた」

「被害者は発砲犯を知っていたのかな？」

「まちがいなく知っていた。被害者が犯人を知っていたか、犯人が被害者を知っていたかのどちらかだ。あるいは、たがいに知り合いだったかだ」

5

　ボッシュが自宅にたどり着いたのは午前零時をまわってからだった。事件現場に取り組み、ほかの刑事たちとパトロール部門の作業を調整するという長い一日を送って、疲れ切っていた。また、バルデス本部長がモールに集まってきた報道陣のカメラや記者に向かい合うまえに、捜査の現状についてブリーフィングするため呼ばれた。最新の追加情報は簡潔だった――容疑者はまだいないし、逮捕者も出ていない。

　マスコミ向けに発表した所見は正確だったが、薬局《ファルマシア》殺人事件の捜査員たちは手がかりをつかんでいないわけではなかった。殺人とその後の店の処方薬強奪は、店内に設置された三台の防犯カメラに捉えられており、フルカラーのビデオ映像から今回の犯行の冷徹な計算に対する洞察が得られた。黒い目出し帽をかぶったふたりの男がいて、ふたりともリボルバーを手にしていた。ふたりは、ホセ・エスキベル・シニアと息子を冷静に撃ち殺した。その冷静さは計画性と手際のよさと意図を物語っていた。

ビデオ映像を見終わってボッシュに最初に浮かんだのは、このふたりの男は仕事を果たすために雇われた殺し屋だという考えだった。錠剤を盗んだのは、たんに犯行の真の動機を隠すためだろう。残念ながら、ビデオ映像を一度見たかぎりでは、発砲犯のどちらも役に立つ識別材料が映っていなかった。ホセ・シニアを撃とうとして犯人のひとりが腕を伸ばしたとき、袖がうしろへ引っ張られて、白い肌があらわになった。だが、それ以外に目立ったものはなかった。

カーポートに車を停めてから、ボッシュは勝手口から家に入るのではなく、郵便受けを確認するため、玄関にまわった。家に設置されている郵便受けの蓋が分厚いマニラ封筒のせいで半開きになっているのが見えた。その封筒を引っ張りだし、玄関の照明の下でどこから来たものか確かめた。

封筒には差出人住所は記されず、郵便切手も貼られていなかった。ボッシュの住所すら書かれていなかった。封筒にはボッシュの名前だけが記されていた。ボッシュはドアの鍵をあけ、封筒をなかに持っていった。封筒と届いた郵便物をキッチンカウンターに置くと、冷蔵庫をあけてビールを一本手に取った。

琥珀色のビール壜に口をつけてから、封筒の封を破る。厚さ二・五センチほどの書類の束が滑りでた。一番上にある報告書の正体をすぐさま認識する。一九八七年のダニエル・スカイラー殺害事件に関する初動報告書のコピーだった。ボッシュは書類の束をパラパラとめくり、すぐに自分が現行の捜査ファイルのコピーを手にしているのだと判断した。

ルシア・ソトが依頼の件を果たしてくれたのだ。

ボッシュは疲弊しきっていたが、すぐには眠れないだろうとわかった。ビールの残りを流しに捨て、娘からクリスマスにもらったキューリグでコーヒーを一杯淹れた。書類の束をつかみ、作業にとりかかった。

娘が大学へ進学するため家を出て、家族での食事の機会がめったになくなってからというもの、ボッシュはこの小さな家のダイニング・ルームを作業スペースに変えた。テーブルは、捜査関係の報告書を広げるのに充分な広さのある机と化した——サンフェルナンド市警の刑務所囚房から引っ張ってきた事件や、個人的に取り組んでいる事件の報告書だ。アルコーブ様のダイニング・ルームの壁二面に棚を取り付けてもいて、そこにはさらなるファイルや、法手続きに関する書籍やカリフォルニア州刑法典が並んでおり、レコード・コレクションとレコード・プレイヤーが聴きたい音楽のニーズを充たさないときのための大量のＣＤの束とボーズのＣＤプレイヤーも置かれていた。

ボッシュは『ケミストリー』というCDをボーズに差しこみ、音量を中程度に設定した。テナーサックスのヒューストン・パーソンとダブル・ベースのロン・カーターが共演するアルバムだった。現在進行中の音楽による会話の一部であり、彼らの五番目かつ最新のコラボレーションだった。ボッシュはそれよりまえの共演アルバムはレコードで持っていた。深夜の作業にはうってつけのアルバムだった。テーブルのいつもの場所につき、背中を棚と音楽に向け、分厚い書類に目を通しはじめた。

まず最初にボッシュは書類を新旧ふたつに分類した。ダニエル・スカイラー殺人事件の当時の捜査関連報告書――その多くは三十年まえにボッシュ自身が書いたものだ――は、旧書類の山に、今回の再捜査のあいだに用意された新しめの書類は二番目の山に。

当時の捜査をはっきり覚えているものの、事件の詳細の多くは記憶のなかで薄れており、新しい捜査資料を見るまえに古い資料からはじめるのが賢明だった。まず、時系列記録に興味を惹かれた。事件を見直す際につねに出発点となる資料だ。それは本質的には事件日誌だった――ボッシュと、パートナーだったフランキー・シーハンの捜査行動を記した、一連の日付と時刻付きの簡潔な記入。記載事項の多くは、要約報告書で詳細に記されるだろうが、時系列記録は捜査の段階的な概観を把握するための出発点だった。

一九八七年には強盗殺人課には一台のコンピュータもなかった。報告書は、手書き、もしくはIBMのセレクトリック・タイプライターでタイプされていた。時系列記録の大半は手書きだった。殺人事件調書の最初に罫紙《けいし》に書かれて入っていた。それぞれの捜査員は、こうした書類への記入や補助的な事件関連作業の取り扱いを含めて、記録簿への書きこみのあとに自分たちのイニシャルを付けたものだった。たいていの場合、イニシャルを記さずとも異なる筆跡で、書いた人間がだれなのかは明白だったが。

ボッシュは当時作成された時系列記録のコピーを見て、自分の手書きの文字だけでなく、シーハンの文字にも見覚えがあった。自分とシーハンが採用していた二種類の異なる報告書の書き方にも見覚えがあった。シーハンは、チームのなかでより経験を積んでいるほうで、比較的言葉数が少なく、不完全な文で書く場合もよくあった。ボッシュはより言葉数が多かったが、その報告書作成の癖は、シーハンがすでに体得している心得を学ぶにつれ、やがて変わっていった——曰く、少ないは多い、と。つまり、書類仕事に割く時間が少なければ少ないほど、より多くの時間を事件の手がかり追及に割ける。また、書類に記される言葉が少なければ少ないほど、刑事弁護士に法廷で穿った解釈をされる余地が少なくなるのだった。

ボッシュは一九七七年に刑事のバッジを手に入れ、五年かけてさまざまな分署や犯罪課で勤務したのち、殺人事件担当刑事に昇進し、最初にハリウッド分署に配属され、やがてダウンタウンの市警本部《パーカー・センター》のエリート部門、強盗殺人課にたどり着いた。強盗殺人課でボッシュはシーハンとペアを組み、スカイラー事件は、捜査責任者としてふたりが取りくんだ初期の殺人事件のひとつだった。

ダニエル・スカイラーの物語は、ロサンジェルスに普遍的な物語だった。発端に皮肉な部分が加わってはいるものの。フロリダ州ハリウッドでホテルのメイドとして働いていた寡婦の母親に育てられ、スカイラーは、人生にあいた穴を美人コンテストでの成功とハイスクールの舞台で勝ち取った称賛で埋めた。おのれの美しさともろい自信で武装し、二十歳のとき、ハリウッドからハリウッドまでの四千八百キロを横断した。たいていの人間同様、アメリカのすべての小さな街には、自分とおなじ人間がひとりいるという事実にダニエルは気づいた。まともに稼げる仕事はほとんどなく、ハリウッドのエンターテインメント産業の一部である悪辣な搾取《さくしゅ》者たちにしばしば付けこまれた。だが、彼女はがんばった。レストランでウエイトレスをし、演技のレッスンを受け、役名が付かないか、あるいはたいしてセリフがないのが普通である役のため、際限なくオーディションに応募した。また、コミュニティも築いた――成功と名声を求めておなじように足掻いている若い男たちや女たちのコミュニティを。ダニエルはおなじオーディションやキャスティング事務所で彼らの多くに会った。彼らはエンターテインメント業界とホスピタリティ業界（つまり、レストラン業だ）両方の仕事に関する情報を交換した。その奮闘をつづけて五年経過したころには、ダニエルは片手で足りるほどの回数、映画やＴＶに出演できていた。主に目の保養役として。また、ヴァレー地区じゅうの小規模劇場で数限りなくチョイ役での出演機会を与えられ、やっとレストランの仕事から、フリーランスのキャスティング・エージェントの受付係としての非常勤の仕事に移れた。

ロサンジェルスでのその五年間は、何度となくアパートを引っ越し、何度もルームメイトを変更し、五歳年下から二十二歳年上にいたるさまざまな年齢の男性との関係を結んだ歳月でもあった。スカイラーがトルカ・レイクの自宅アパートの空いていた寝室でレイプされ絞殺《こうさつ》されていたのが見つかったとき、ボッシュとシーハンは、被害者の経歴を埋めていくのに数週間はかかるであろう作業に直面した。

事件の時系列記録を読んでいると、ダニエル・スカイラーに関する数々の詳細や、自分とシーハンが取った行動が脳裏に蘇ってきた。事件は、けさの〈ラ・ファルマシア・ファミリア〉での殺人事件とおなじくらい新鮮なものに思えるようになった。ボッシュは聞き取りをおこない、時系列記録に記載した被害者の友人たちや仕事仲間たちの顔を思いだした。プレストン・ボーダーズに照準を定めたとき、自分とパートナーがどれほどはっきりと確信を抱いていたかを思いだした。

ボーダーズもまたハリウッドで足がかりを築こうともがいていた俳優だった。だが、彼はネットを張らずにそれをおこなっているのではなかった。ヴェニス・ビーチに押し寄せる潮のように確実に毎年LAに押し寄せてくるスカイラーやほかの何千人ものアーティスト志願者と異なり、ボーダーズは、ホスピタリティ業界や、テレフォン・セールスや、あるいはほかのどこかで働く必要がなかった。ボーダーズは、ボストン郊外の出身で、映画スターになる努力に両親から資金援助を受けていた。家賃と車代を出してもらっており、クレジットカードの請求書はボストンに送られていた。このおかげで、ボーダーズは、昼間は映画とTVの配役のオーディションに集中し、夜は終わりがないくらいにクラブをハシゴしまくる行動が可能だった。クラブには、スカイラーのように、笑顔とおしゃべりと引き換えに、また、感じがよかったらより親密なものとも引き換えに、勘定を支払ってくれる相手を期待している女性たちがつねに無数にいた。

時系列記録によれば、ボッシュとシーハンは一九八七年十一月一日、捜査開始から九日目に、ボーダーズをスカイラーと結びつけた。それはアマンダ・マーゴットという名のスカイラーの知人宅のドアをふたりの刑事がノックしたときだった。当時、マーゴットは、スカイラー同様の純情娘役の女優だった。三十年経ち、マーゴットは、そのなかで幸運なほうだと言えるだろう。映画とＴＶ業界で堅実なキャリアを積み、数多くの映画に端役として出演し、ＴＶのロングラン・ドラマでルール無用の殺人事件担当刑事として主役を演じた。ボッシュは後年のマーゴットのインタビュー記事を読んだ覚えがあったが、そのなかで彼女はＴＶで演じた役柄の被害者への同情心を、実生活で親しい友人が殺害された経験から引きだしたと語っていた。

ボッシュはマーゴットとの最初の聴取を昨日の出来事のように覚えていた。当時、この若き女優は、スタジオ・シティの狭いアパートに住み、成功の証となるものをなにも手にしていなかった。ボッシュとシーハンは、リサイクルショップで買った、毛羽だったカウチに腰掛け、マーゴットはキッチンからリビングに引っ張ってきた椅子に座った。

ふたりの刑事は一日に四、五人の被害者の友人や知人に事情を訊ねており、マーゴットはそのリストのなかで話を訊くべき上位に位置していたが、車を紹介するデトロイトの自動車展示会での一週間の仕事を手に入れ、殺人事件の直後に街を離れていた。彼女が戻ってきたときに会う約束を取り付けていた。

マーゴットはスカイラーに関する情報の最前線であると証明された。ふたりは親しい間柄だった。一度もいっしょに暮らしはしていなかったが。殺害のあった当時、スカイラーのルームメイトはスターダムへの夢を諦め、引っ越していったばかりだった。ルームメイトはテキサスの実家に戻ってしまい、スカイラーは新しいルームメイトを探していた。マーゴットは、賃貸契約の最終月になっており、年が明けたら友人のところへ引っ越す計画をしていた。それまではスカイラーはひとりで暮らす予定でいた。もっとも、遺族が捜査員たちに話したところでは、スカイラーの妹がハイスクール卒業後、大学入学までの休暇期間を利用した旅行で、感謝祭にロサンジェルスにやってきて、余っている寝室を使い、そのあと姉妹でクリスマス休暇を過ごすためフロリダに戻る計画を立てていたという。

マーゴットとスカイラーは、おなじ役のオーディションを受けるため、あるキャスティング・エージェンシーの控え室で三年まえに出会っていた。競争相手になるどころか、ふたりは仲良くなった。ふたりともその役を手に入れられなかったが、そのあとでふたりはコーヒーを飲みにいき、友情が芽生えた。ふたりは仕事の上でも社会生活の上でも似通った領域で活動した。ふたりはおたがいに気を遣おうとし、見込みのある仕事についてや、どのキャスティング・ディレクターや演技指導者が好色かについて、相手に情報を伝えた。

やがてふたりは何人かのおなじ俳優志望の男たちとデートをするまでになり、これが刑事たちの照準を定めた地点だった。証拠と解剖結果は、ダニエル・スカイラーが、夜のあいだに激しい暴行を受けていたのを示していた。膣と肛門をレイプされ、繰り返し首を絞められていた。首のまわりに複数の細い線状の痕が残っており、一部は皮膚を切っていて、彼女を殺した人間が彼女の首を絞めて意識を失わせ、さらなる暴行で意識を恢復させるという行為を少なくとも六回繰り返した可能性が高かった。おそらく、首絞めに用いられた道具は、被害者が首にかけていたネックレスだった。

また、死体は、キッチンにあった刃物類と同種のナイフで切断されてもいたが、解剖で、切りつけられたのが死後であると断定された。

また、アパートの部屋は侵入者があったと見せかけようとしていた形跡があった。空いている寝室の外にある二階のバルコニーの引き戸があけっぱなしになっていたが、引き戸の錠を外してなかに入るため、バルコニーにだれかが上ってきたような痕跡は室外にはなかった。バルコニーの金属製の手すりには、スモッグの汚れが分厚く積もっており、手すりの端から端までどの箇所でもその汚れは乱されていなかった。これは侵入者が引き戸にたどり着くには、汚れに触れずに手すりを跳び越えねばならないという難題を意味していた。それはありそうもないシナリオであり、それにより捜査員たちは正反対の見立てを導きだした——スカイラーの殺人犯は、玄関のドアから、まったく争わずに室内に入ったのだ、と。すなわち、犯人はある程度スカイラーと知り合いであり、その事実を捜査員たちにごまかしたかったのだ。

アマンダ・マーゴットは、聴取の際、スカイラーが亡くなる二週間まえの夜、自分たち若いふたりの女性がマーゴットのアパートに集まり、安ワインを飲み、テイクアウトの料理を注文した事実を明らかにした。ふたりには三人めの女優、ジャミー・ヘンダースンという名の女性が加わった。彼女もまた、オーディションの集まりで知り合った仲間だった。その夜のある時点で、女三人は男たちの話をはじめ、自分たちがおなじ何人かの男性とデートをした事実を知った。演劇学校やキャスティング・エージェンシーやタレント発掘イベントで出会った男たちだった。女性たちは、二度とデートをすべきじゃない男たちの〝会うのは一回こっきり〟リストを作りはじめた。

その理由リストの上位にあるのは、セックスをやりたがった際に要求が多く、なかには暴力を振るって威嚇をしてくると言われた男だった。マーゴットの説明によると、自分たちがデートした男たちの多くが、一回か二回デートをしたあとでセックスができると期待していた。拒否された際に上手な対応をしなかった男たちは、〝会うのは一回こっきり〟リストに載せられた。

まさにそこでボッシュとシーハンの追及が報われた。〝会うのは一回こっきり〟リストは、アルコールでエンジンがかかった女の子たちの夜のうわさ話の産物だったかもしれないが、マーゴットはノートを破り取って書いたリストの紙を冷蔵庫の扉に栓抜きの磁石で留めていた。マーゴットはその紙を刑事たちに渡し、ダニエル・スカイラーがそのリストに載せた四人の名前を指摘できた。それらの名前はフルネームではなく、一部は〝息臭《イキクサ》ボブ〟のようなたんなるあだ名だった。

だが、スカイラーがリストに挙げたナンバーワンは、プレストンという一語だった。マーゴット曰く、それは、ダニエルしかデートしなかった男の名前で、それがファーストネームなのかラストネームなのか、覚えてないけど、その名に伴う話は思いだせた、と。ダニエルの話では、そのプレストンはスカラーシップを受けている俳優だったという。それは、その男がなんらかの経済的支援を受けており、アルバイトをしなくてすむという意味だった。また、食事と酒の代金を支払った最初のデートのあとでセックスをする資格が自分にあると感じていたそうだ。アパートまで車で送ってもらったあと、セックスを拒むと、そいつはたいへん腹を立て、部屋のドアのところまで戻ってきてノックをして、なかに入れろと要求したという。ダニエルはドアをあけるのを拒んだんだけど、相手が帰ろうとしないので、警察を呼ぶと脅してやった、と言ってたと、マーゴットは語った。

マーゴットの証言では、プレストンとのデートは三人の女たちが集まった夜の二週間まえにおこなわれた。それはスカイラー殺害のおよそ四週間まえだった。プレストンに関してもっと詳しい情報と、彼とスカイラーがはじめて会った場所について訊かれ、マーゴットは、ダニエルとプレストンがふたりとも役者であるため、ある種の同業者の集まりを通して会ったはずよね、と答えた。

時系列記録は、プレストン発見が捜査の優先事項になったのを示していた。ボッシュとシーハンは、いったん踏みならした地面を掘り返し、すでに事情聴取済みの人々のところに戻り、プレストンという名の男について訊ねた。なかなか幸運には恵まれなかったが、スカイラーが受付として働いていた会社がおこなっていたキャスティング・セッションの過去三ヵ月分のオーディション記録を請求して、運が巡ってきた。うわさ話の会にいたるまでの数週間で、キャスティング・エージェンシーは、病院のERで働く人々を題材にしたTVドラマの脇役を選考していた。

一九八七年九月十四日に実施されたオーディションの応募リストに、プレストン・ボーダーズの名前があった。そのリストは、エージェンシーの受付であるダニエル・スカイラーの机にあったクリップボードに留められていた。ボッシュとシーハンは彼女たちの〝会うのは一回こっきり〟男を発見したのだった。

6

刑事たちは法律で要求されている適切な注意《デュー・ディリジェンス》を払い、ジャミー・ヘンダースンに聴取をおこなった。〝会うのは一回こっきり〟リストの作成に関わった三番目の女性に。ヘンダースンは、女子会の夜についてのアマンダ・マーゴットの説明と、ダニエル・スカイラーのリストへの寄与について確かだと認めた。そののち刑事たちは、スカイラーが話題にしていた男たち全員の身元を突き止め、事情聴取した。息臭《イキクサ》ボブも含め。だが、ボッシュとシーハンはプレストン・ボーダーズを最後に取っておいた。なぜなら、ボーダーズは参考人レベルから容疑者へ格上げできうる、とふたりの勘が告げていたからだ。自分を拒んだ女性の部屋に戻り、ドアを叩き、セックスをするためなかに入れろと要求するような男は、性犯罪者のなかに見受けられる病理のたぐいを示唆する行動をとっていると、ふたりの刑事は受け取った。

アマンダ・マーゴットに聴取した一週間後、刑事たちは、シャーマン・オークスにあるボーダーズのアパートの監視に就き、その日、彼が出かけるのを待っていた。アパートから離れたところでボーダーズに接近したかったのだ。事情聴取のなかでボーダーズが明らかにした事柄が彼の自宅を捜索するに足る相応の理由として役立つ場合に備えて。ドアをノックして、ボーダーズが有罪を立証する証拠を隠したり、破壊したりする機会を与えたくなかった。

ふたりの刑事は勘を働かせもしていた。ダニエル・スカイラーの母親と友人たちの協力を得て、彼女のアパートの室内にある品物の目録を作り、私物がひとつだけなくなっているのを突き止めた。それは青いタツノオトシゴのペンダントで、より糸でこしらえたネックレスに付いていたものだった。ダニエルがカリフォルニアに向かって家を発つ日に母親が娘に与えたものだった。タツノオトシゴが学校のマスコットだったハイスクールにダニエルは通っており、そのペンダントは、ダニエルの出身地であるフロリダのハリウッドを思いだすよすがだった。また、娘に忘れないでいてほしいという母親の願いを思いだしてもらうためのものだった。母親は自分でこしらえたネックレスにそのペンダントを付けた。それほど高価なものではなかったものの、そのジュエリーは、若い娘であるダニエルがもっとも大切にしていた持ち物であると言われていた。

スカイラーのアパートを三度捜索したにもかかわらず、ボッシュとシーハンは、タツノオトシゴ・ペンダントあるいはネックレスを発見しなかった。スカイラーがそれを失くしたのではないのは確かだった。亡くなる数週間まえに撮影された新しい宣伝用の顔写真でもそのペンダントはハッキリと写っていた。刑事たちは、殺人犯が殺害後の記念品としてネックレスとペンダントを取っていったのだろう、とかたく信じた。もし容疑者の所有物のなかにそれが見つかり、より糸に少しでも残っている血がダニエルの血液型と一致すれば、貴重な証拠になるだろう。監視をはじめた午前中の遅い時刻に、ボーダーズがヴェスパー・アヴェニューにあるアパートから姿を現し、南に一ブロック分歩いてヴェンチュラ大通りにたどり着いた。ボッシュとシーハンはボーダーズに先にいかせ、徒歩で尾行した。最初にボーダーズはセドロス・アヴェニューとヴェンチュラ大通りの角にある〈タワーレコード〉に入り、三十分以上かけてビデオ・セクションをひやかしていた。ボーダーズを観察していた刑事たちは、近づいていって、聴取を申し入れるべきかどうか議論したが、待機し、もしボーダーズがアパートに戻りはじめたときにだけ、途中で押さえようと決めた。

レコード店を出ると、ボーダーズはヴェンチュラ大通りを引き返し、〈ル・カフェ〉という名のレストランに入った。そこでバー・カウンターに座って、親しげにバーテンダーと雑談をしながら、ひとりで昼食を取った。ボッシュは何度か〈ル・カフェ〉に入った経験があった。レストランとバーの上に〈ルーム・アップステアーズ〉という名のジャズ・クラブがあったからだ。そこは夜遅くに開店し、ワールドクラスの演奏家が出演する店だった。ほんの数ヵ月まえにそこでヒューストン・パーソンとロン・カーターが演奏したのをボッシュは見ていた。

昼食が終わると、ボーダーズはカウンターに二十ドル札を一枚置いて、店を出た。ボッシュとシーハンはすばやく三角形のカウンターになっているバーに近づき、ボッシュがどんなバーボンを置いているんだいという質問でバーテンダーをひとつの辺に呼びつける一方でシーハンは向かいの辺に移動して、ボーダーズが飲んでいて空になったビール・グラスを紙袋に入れた。シーハンは店を出、ボッシュが歩道に出てくるのを待った。ボッシュがシーハンと合流したとき、最初、ボーダーズの姿はどこにも見えなかったが、二軒先のドラッグストアを確認したところ、ボーダーズがプラスチックの買い物籠を持って店内で買い物をしているのを見つけた。

ボーダーズは、コンドームを一箱、それにほかにも洗面用品をドラッグストアで購入してから、自分のアパートに戻った。彼がアパートのセキュリティ・ゲートの鍵をあけようとしていたとき、ボッシュとシーハンは別々の方向から彼に近づいた。ふたりは自主的に聴取に応じるようボーダーズを説き伏せる計画を持っていた。聞き知っていたスカイラーに対する行動から、ボーダーズは自己中心主義的な性格をしているのが推察されていた。その性格に顕著なふたつの特徴は、過剰なうぬぼれと優越感だった。刑事たちは、ボーダーズに名乗り、ダニエル・スカイラー殺害事件の解決にあなたの協力が必要だと伝えて、そのふたつの特徴に働きかけた。自分たちは藁にもすがろうとしており、あなたが彼女とデートをしていたと聞いているので、彼女の人となりやライフスタイルについて、あなたなりの意見を聞かせてもらえるのではないだろうか、とシーハンは言った。ボーダーズは躊躇せずに聴取に同意した。ボッシュとシーハンは、ボーダーズが、刑事たちといっしょにいけば、自分から刑事たちが得る情報よりも多くのものを刑事たちから教わるだろうと考えているのを読み取った。実際には自分が殺して埋めた行方不明者の捜索にしばしば殺人犯がみずから進んで協力する心理と似ていた。なにが起こっているのか知ろうとすれば、彼らは捜査に近づく必要があった。一方、ありふれた風景のなかに身を隠すのは、心理的な達成感を彼らにもたらすのだった。

刑事たちはボーダーズを最寄りのヴァンナイズ分署に連れていった。あらかじめその刑事部の指揮官にかけあって取調室を押さえていた。その部屋には音声を記録するための装置が仕掛けられており、聴取はテープに取られた。
『ケミストリー』が最後までいき、ボッシュは時系列記録を読むのを中断してCDを交換した。今回、フランク・モーガンの『ムード・インディゴ』をかけ、すぐにお気に入りのレコーディング曲である「ララバイ」が聴こえてきた。それから、三十年まえにボーダーズを相手におこなった事情聴取を文字に起こしたものを探して、古い報告書の束を調べた。それは束のなかでもっとも分厚い報告書で、四十六ページもあった。すばやくめくっていき、ボーダーズが嘘をつき、最終的に逮捕と有罪判決につながった瞬間の箇所を見つけた。三十分間の会話のなかで三分の二ほど進んだところであり、ボッシュが質問を投げかけていた最中だった。それは、ボーダーズがミランダ権利を認識したうえで刑事たちと話をするのに納得したという同意書に署名をしたあとでもあった。

HB　では、きみとダニエルはセックスをしなかったんだね？　彼女を自宅まで車で送り届け、そこで走り去った？
PB　そのとおり。
HB　そうか、きみは紳士なんだな？　彼女の部屋まで送っていったのかい？

PB　いや、彼女は車を急いで降りると、いなくなった。ぼくが紳士的にふるまう暇もなく。

HB　つまり、彼女はきみに腹を立てていた？

PB　ある意味では。ぼくが言わなければいけなかった言葉を気に入らずに。

HB　それはどんな言葉かな？

PB　ぼくらは相性が合わないな、という言葉だった。ほら、試してみたものの、うまくいかなかった。彼女は理解して、おなじように考えていると思ったところ、いきなり車を降り、さよならも言わずにいってしまったんだ。失礼な態度だったけど、ガッカリしたんだろうな。ぼくが彼女を好きな度合いより彼女のほうがぼくを好きだったんだろう。だれも拒否されるのは好きじゃない。

HB　さっききみは彼女の家に迎えにいかなかったと言ったよな？

PB　ああ、彼女はタクシーを拾って、レストランで待ち合わせをしたんだ。なぜなら彼女はウェストサイドから来るので、ぼくが彼女のところにいこうとしたら、丘を越えていかなければならなかったんだ。彼女を好きだったんだが、まあ、少なくとも好きだと思っていたけれど、そこまでするほどじゃなかった。なにを言わんとしているのかわかるだろ？

HB　ああ、わかるよ。
PB　つまり、ぼくはタクシー業をやっているんじゃない。女の子のなかには、男を自分たちの運転手か［聞き取れず］みたいに思っている連中がいる。ぼくはそうじゃない。
HB　なるほど、で、きみが言わんとしているのは、きみは彼女を迎えにいかず、車で送り届けて道路脇で彼女を降ろし、走り去ったという主張だな。
PB　そのとおり。おやすみのキスさえしなかった。
HB　そしてきみは彼女のアパートの部屋には一歩も足を踏み入れなかった？
PB　まったく。
HB　部屋の入り口のドアのところにすら？
PB　近づいていない。
HB　その夜のあとではどうだろう？　もう彼女の住んでいるところを知ったわけだろ。そこへまたいったりした？
PB　いいや、さっきから言ってるじゃないか。興味を失ったんだ。
HB　ふむ、そうなると、ここで解決しなければならない問題が出てくるんだ。
PB　問題とは？

HB　きょう、われわれがきみになぜ近づいたんだと思う、プレストン？
PB　さあな。協力が必要だと言っただろ。彼女の友だちのだれかがあんたたちにスカイラーとぼくがデートしたのを話したんじゃないかと思った。
HB　実際には、彼女のアパートの玄関ドアにきみの指紋が見つかったからなんだ。問題というのは、そのドアに一度も近づいていないときみがたったいま話したという、まさにそこなんだ。
PB　わけがわからない。どうやってぼくの指紋を手に入れたんだい？
HB　おや、それはちょっとおかしいぞ。きみの指紋が殺人現場で見つかったと言ったところ、きみはどうやってその指紋を手に入れたんだと訊いた。たいていの人間はなにか別の返事をするはずだと思う。とりわけ、その現場に一度も、けっしていなかったと先に発言していたとしたならば。われわれに話したいなにかがあるんだろうか、プレストン？
PB　ああ、こいつはみんな戯言だと言いたいね。
HB　きみはあそこにけっしていなかったという話に執着するんだな？
PB　そのとおり。それ以外はすべて戯言だ。指紋なんて絶対手に入れていないはずだ。

ＨＢ　デートをした夜に性的進展を彼女が拒んだあとで、きみが彼女の部屋に無理矢理入ろうとしたという内容の話を彼女がふたりの友人に話していた、とわたしがきみに言ったとしたらどうなる？

ＰＢ　ああ、わかったぜ。ピンと来た。あの性悪女《しょうわる》どもが手を組んでぼくに不利な証言をしているんだな。正直な話、彼女がぼくを拒んだんじゃない。だれもぼくを拒みはしないんだ。ぼくが彼女を拒んだんだ。

ＨＢ　質問に答えてくれ、きみはダニエルとデートをした夜、彼女の部屋のドアのところにいったのか？　イエスかノーか？

ＰＢ　いや、ぼくはいってないし、クソいまいましい指紋なんてないはずだ。それからあんたと話をするのはおしまいだ。これ以上質問をしたいなら弁護士を呼んでくれ。

ＨＢ　いいぞ、だれを呼べばいい？

ＰＢ　知らないよ。知ってる弁護士なんかいない。

ＨＢ　では、きみにイエローページを届けさせよう。

ボッシュは指紋について嘘をついていた。ドアとアパートの室内で複数の指紋が見つかっていたが、ボーダーズの指紋はまだ採取していなかった。その後、回収されたビール・グラスから採取された指紋は、スカイラーのアパートで見つかったどの指紋とも一致しなかった。だが、ボッシュは揺るぎない法的根拠に則っていた。全米の法廷では、容疑者との事情聴取で虚偽の話や計略の利用を昔から認めていた。無実の人間であれば、その虚偽を見破り、間違って犯行を自白したりしないだろう、という判断からだ。

ボーダーズの聴取は、法執行機関の人間と彼が話した唯一の機会だった。マーゴットとヘンダースンが証言した悲惨なデートに関するスカイラーの説明と、彼女のアパートに戻った事実はないとするボーダーズの証言の矛盾に基づき、ボーダーズは殺人容疑で取調室で逮捕され、二階上にあるヴァンナイズ拘置所で逮捕手続きが取られていた。その時点で主張の根拠は薄弱であり、ボッシュとシーハンはそれを承知していた。被害者の自宅まえにいかなかったという嘘でボーダーズを捕らえたのは、彼が殺人犯であるというふたりの確信を裏付けたが、それは伝聞証拠に基づいていた。被害者のふたりの友人の記憶によるものであり、ダニエルの話は、三人の女性たちが酒を飲んでいるときに語られたものだった。要するに、容疑者の発言対彼女たちの発言の信憑性の問題になるだろう。刑事弁護士たちはここぞとばかりに攻めこんでくるだろうし、合理的な疑いが両者のあいだの灰色領域に潜んでいた。

刑事たちは、補強証拠を見つける必要があり、さもなければ四十八時間の勾留期限が切れたときボーダーズを釈放しなければならない、とわかっていた。被害者と容疑者を結びつけるマーゴットとヘンダースンの証人供述を利用して、ふたりは、相応の理由に基づく捜索令状を発行してくれる好意的な判事を見つけた。それによりプレストン・ボーダーズの車と自宅を捜索するための二十四時間の猶予を手に入れた。

彼らは運がよかった。ヴェスパーにあるボーダーズのアパートを調べて三時間が経ったころ、一本の木製の棚が組み立てられていたのだが、ボッシュは、最下段の棚の底板に二本のネジが留められていないのに気づいた。もしだれかが棚を組み立てるときに工程を端折ろうとするなら、最上段でそうするが、最下段ではしないだろう、とボッシュは判断した。

ボッシュが棚から書籍やほかの品物を取り除くと、ラミネート加工された板は簡単に持ち上げられ、棚の基部に隠し場所が現れた。ティッシュペーパーにくるまれたタツノオトシゴのペンダントがそこで見つかった。より糸のネックレスはなくなっていた。女性のジュエリー類がほかに数点、それに加えて、ＳＭとボンデージに特化したポルノ雑誌のコレクションも見つかった。

タツノオトシゴのペンダント発見でボーダーズに対する主張の根拠は脆弱から強固に変わった。スカイラーの母親はまだ街にいて、娘の遺体を埋葬のためフロリダへ移送する手配をしているところだった。ボッシュとシーハンは母親の滞在しているホテルに会いにいき、母親は自分が娘に贈ったものとしてペンダントを確認した。

刑事たちは大いに喜び、勝敗の瀬戸際でからくも勝利を得たと感じた。事件を地区検事局に送検したその夜、ふたりはエコー・パークの〈ショート・ストップ〉でマティーニ・グラスをカチンと合わせた。

三十年後、ボッシュは鍵になる証拠を発見したときの昂奮を思いだした。聴取を書き起こした原稿のばらばらのページを積み重ねながら、時を超えてその瞬間を味わった。自分とシーハンが築いた主張の根拠に対する自信と、ボーダーズがダニエル・スカイラーを殺害した見立てに対する自信は揺るがぬままだった。

裁判への準備段階で、ボッシュとシーハンは、棚の隠し場所で見つかったほかのジュエリー類をほかの事件に結びつけようとした。ボーダーズがロサンジェルスに住んでいた四年間に起こっていた若い女性の未解決殺人事件や失踪事件をすべて引っ張りだした。ボーダーズは少なくとも二件のほかのセックス殺人に関わっている、とふたりは確信した。ふたつの事件の被害者は、エンターテインメント業界に少しだけ関係があり、ボーダーズ同様、ヴェンチュラ大通りのバー巡りをしていた女性だった。ボーダーズのアパートの隠し場所にあったジュエリーとおなじものだと刑事たちの信じるジュエリーをふたりの被害者女性が身につけている写真をボッシュとシーハンは見つけた。だが、専門家の分析では両者の結びつきを確かなものとして確認できず、地区検事局はスカイラー殺害の罪のみでボーダーズを起訴する判断を下した。ボッシュとシーハンはその判断に異を唱えたが、最終決定権を持つのはつねに検察官だった。

裁判でボーダーズと彼の弁護士は、タツノオトシゴのペンダントを持っていた理由を説明する方策を捻りださねばならなかった。だが、その努力は絶望的なものに見えた。法律の鋭い理解と用い方ゆえに裁判所界隈でリーガル・シーゲルとして知られている担当刑事弁護士デイヴィッド・シーゲルは、当該ジュエリーがスカイラーのものであることの信憑性に挑戦しようとした。

検察は被害者の母親を証人として出廷させた。彼女はペンダントを確認し、涙ながらにその背景となる話を語り、それのみならず殺害されるほんの数週間まえの娘の写真を提出した。その写真にはペンダントが首からぶら下がっているところが写っていた。シーゲルは当該宝飾品のメーカーの代表者を証人として出廷させた。この証人は、おなじ色と形のタツノオトシゴ・ペンダントが数千個製造され、全米で販売され、そのうち数百個がロサンジェルス地域の小売店で売られた、と証言した。

ボーダーズは反証でみずから証言し、アパートで見つかったペンダントはサンタモニカ埠頭の店で買ったものだと主張した。デートの際、スカイラーが似たようなペンダントをかけているのを見て、それが気に入ったのを思いだしたからだ、と説明した。そのうち人にプレゼントするため自分でペンダントを購入し、だからこそ、棚にほかの女性用ジュエリーといっしょに隠していたのだ、と。デートする女性たちに渡すかもしれない贈り物としてジュエリー類を置いており、隠していたのは、もしアパートに泥棒に入られたときに盗まれたくなかったからだ、と。シーゲルは依頼人の証言を、ヴァンナイズ地区の住居侵入窃盗統計を紹介して補強したが、タツノオトシゴのペンダントを所持していた理由のこじつけめいた説明は陪審によい印象を与えなかった。とりわけボーダーズの事情聴取時の録音テープが再生されたあとでは。陪審は六時間評議を重ねたあげく、有罪の評決を下した。別の審問で、おなじ陪審員たちはスカイラーがこうむった恐怖に対して死刑を勧告するのにわずか二時間しか評議にかけなかった。判事は勧告に従い、ボーダーズに究極の制裁を科した。

ボッシュは午前四時に当時の捜査資料の読み返しを終えた。気がつかぬうちに音楽は止まっていた。疲労しており、朝七時三十分にサンフェルナンド市警の作戦司令室で、薬局《ファルマシア》殺人事件捜査について話し合う全員参加の会議があるのがわかっていた。二時間睡眠を取り、現在の事件捜査で次に手が空いたらすぐ、ソトとタプスコットによる新しい捜査資料に目を通そうと決めた。

廊下を通って寝室に向かいながら、ボッシュは、タツノオトシゴのペンダントを発見し、ボーダーズが殺人犯であり、その犯行の報いを受けるだろうと心からわかった瞬間の気持ちを思いだしていた。

7

ボッシュは午前七時に道路に出ており、自宅で淹れたコーヒーを一息に飲みながら、バーハム大通りでランプを下り、北行きのフリーウェイ101号線に入った。涼しく、空気のパリッと乾いた朝で、サンフェルナンド・ヴァレーを囲み、通常は横断気流の下でスモッグを滞留させている山々が北の地平線一帯で晴れていた。サンフェルナンドにたどり着くまでに通らねばならない三つのフリーウェイのうち二番目の170号線に移ってから、ボッシュは携帯電話を取りだし、サンクエンティン州刑務所の捜査サービス班として電話帳に入れている番号にかけた。

人間の声で応答があり、ボッシュはゲイブ・メネンデスという名の捜査官を電話口に呼びだした。刑務所には囚人同士の犯罪に対処し、刑務所に収容されている犯罪者たちの活動に関する情報を集める捜査官たちの班があった。ボッシュはひところメネンデスといっしょに働いた経験があり、彼が真っ正直な人間だと知っていた。

少しして、新たな声が電話から聞こえた。

「メネンデス警部補です。どんなご用でしょう？」

前回、ボッシュと話をしたときからメネンデスは昇進していた。

「ロスのハリー・ボッシュだ。出世したみたいだな」

ボッシュはロス市警から電話をしていると言わないように気をつけた。ちっぽけなサンフェルナンド市警ではなく、ロス市警を相手にしているとメネンデスが信じた場合、よりよい協力を得られるだろうから、現実の状況を迂回していた。

「ひさしぶりだな、ボッシュ刑事」メネンデスは言った。「なんの用だい？」

「そっちの死刑囚房にいるやつの件だ」ボッシュは言った。「名前はプレストン・ボーダーズ。おれがそいつをそこに叩きこんだ」

「知ってるよ。おれより長くここにいる」

「ああ、だとしたら、小耳にはさんでいるかもしれない。やつはその事態を変えようとしている」

「ああ、その件は聞いているかもしれないな。あいつの移送命令が届いている。あいつは来週そっちへ向かうよ。あいつみたいにここにずいぶん長くいる連中だと、上訴権は尽きてしまっているはずだと思ってた」

「尽きている。だけど、今回、あいつは新たな角度から攻めているんだ。知りたいのはあいつの面会者記録と、そのリストに載っている面会者の名前だ」

「それを伝えるのは問題ないと思う。いつまで遡りたい？」

ボッシュはルーカス・ジョン・オルマーが死んだ時期について考えた。

「二年まえまで遡るというのはどうだろう？」ボッシュは訊いた。

「問題ない」メネンデスは言った。「調べさせて、連絡させよう。ほかになにかあるか？」

「ああ、ボーダーズは携帯電話を持っていて、死刑囚房でコンピュータにアクセスしているんだろうか？」

「直接的にはないな。携帯電話もコンピュータもないが、定期的に普通の郵便物をやりとりできる。死刑囚房被収容者とペンフレンドのあいだのやりとりを手助けするウエブサイトみたいなものがたくさんあるんだ。普通郵便物を通じて、ボーダーズはペンフレンドと連絡している」

ボッシュはその点について少し考えてから、先をつづけた。

「それは検閲されているのか？」ボッシュは訊いた。「その郵便物は」

「ああ、ぜんぶ読み手が目を通している」メネンデスは言った。「この班のだれかが。輪番制なんだ。だれもあまり長いあいだその仕事に耐えられない」

「それに関する記録は保管されているのか？」

「追跡調査が必要な場合にのみ保管される。その手紙に疑わしいものがなにもないときは、見送られる」

「ボーダーズがたくさん郵便物を受け取っているかどうか知ってるかい？」

「連中はみんなたくさん受け取ってる。スコット・ピータースンを覚えているか？あいつに届く郵便物はぶっちぎりだ。世のなかにはとち狂った女がおおぜいいるんだぞ、ボッシュ。そいつらは悪党との恋に陥るんだ。ただ、彼女たちにとって安全なんだ、そうした悪党は外に出てこないから。たいていの場合は」

「そうだな。出ていく手紙についてはどうなんだ？」

「おなじだ。発送されるまえに検閲される。問題があれば、被収監者に返される。通常、われわれがそれをするのは、差出人が病的な性的妄想かなにかを紡いでいる場合だ。もしこの先出会う機会があれば相手の女性にどんな行為をしてやるとかその手の戯言《たわごと》だ。ここではそんな郵便物を出させない」

「なるほど」

「とにかく、あんたの電話番号はおれのローロデックスに入っている。ここいらでいまだにローロデックスを使っているのは、おれが最後だ。この件を任せる人間を見つけさせてくれ。こちらから連絡する」

「じゃあ、おれの携帯電話番号を伝えるよ。いま外に出ていて、別件にかかっている――きのう起こった二重殺人事件だ――だから、携帯に連絡をもらうほうがいい。その番号もローロデックスに入れておいてくれ」

ボッシュは携帯電話番号を伝え、礼を告げてから、電話を切った。その通話のあと、自分が求めている情報はソトがひそかに渡してくれた報告書のなかにすでに入っているかもしれない、と気づいた。今回の捜査は、ボーダーズが会っている人間や連絡を取っている人間を調べているはずだったが、メネンデスは同様の要請をすでに受け取っている様子はいっさい示さなかった。ソトとタプスコットがへまをやらかしたのか、あるいはメネンデスがたんにボッシュをからかっていたかのどちらかではないか、とボッシュはつい考えた。

いずれにせよすぐにわかるだろう。

ボッシュは次にかかりつけ弁護士のミッキー・ハラーに電話をかけた。ハラーはたまたま異母弟でもあった。ハラーはボッシュがロス市警を去ったときに持ち上がった法的問題――最終的に年金の満額支払いを求めてロス市警を訴える羽目に陥った――

を扱っていた。市警は和解に応じ、ボッシュは追加の十八万ドルを受け取り、それはいつの日か娘に渡るよう願っている年金基金に入った。

ハラーが電話に出たが、気が進まぬ不満声とでもボッシュが言いたくなるような声だった。

「ボッシュだ。起こしたか？」

「いや、起きてる。通常、おれはこんな朝早くかかってくる非通知の電話には出ないんだ。たいていの場合、依頼人が、『ミック、警官が令状を持ってうちのドアをノックしているんだ、どうしたらいい？』というたぐいの電話だから」

「まあ、こっちも問題を抱えてる。多少事情は異なるが」

「わが異母兄《きょうでえ》、どうした？　飲酒運転で捕まったか？」

ハラーはそのセリフを気に入っていて、ことあるごとに使い、テキサス育ちのマシュー・マコノヒーのいいかげんな声帯模写をするのがつねだった。その俳優は六年まえに映画でハラー役を演じていた。

「いや、いや、飲酒運転じゃない。もっとひどい」

ボッシュは昨日のソトとタプスコットとケネディの来訪についてハラーに説明した。

「で、訊きたいんだが、いますぐおれは自分の年金と自宅とほかのあらゆるものをマディの名義に変更すべきだろうか？　つまり、財産をすべて娘に委ねる。ボーダーズに盗られるのではなく」

「まず第一に、気にするな。そんなやつに一セントも支払う羽目にはならない。少し訊かせてくれ。あんたに会いにきた連中は、あんたの側になんらかの違法行為があったと口にするか、もしくはほのめかすかしたか？　あんたが証拠を捏造したとか、裁判中、被告の無罪を証明するような証拠を弁護側に明かさないようにしたとか？　そのような発言はあったか？」

「いまのところはない。科捜《ラボ》のしくじりのようにふるまっていた。かりにしくじりがあったとして。当時は、こんにち用いられているようなテクニックをラボは持っていなかった。DNAやその手のものは」

「おれが言いたいのはそこだ。だから、もし適切な捜査のなかでなにかが見落とされ、かつあんたが自分の仕事を誠実におこなっていたとしたなら、ボーダーズがあんたに対して取るかもしれないいかなる行動からも市があんたを守らなければならない。かくのごとく単純であり、もし市がそうしなければわれわれが市を訴える。労働組合がその情報をつかんで、市の業務をしているだけの組合員を市が守ろうとしていないのに気づくまで待てばいい」

　ボッシュはシーハンに咎を負わせようとしたソトの発言を思い浮かべた。ケネディとの会話ではその話題は出なかった。今回の再捜査で浮上した別の問題をソトはコッソリと教えようとしていたのだろうか？　捜査資料全体に目を通せるまで、その問題を持ちださないようにしようとボッシュは判断した。

「わかった」ボッシュは言った。

　ハラーと話をして少し安堵を覚えていた。まもなく自分のキャリアに終止符を打つ恥辱に直面するかもしれないが、少なくとも自分の財政と娘の相続財産は守られそうだった。

「会いにきた有罪整合性課《CIU》の検事補の名前はなんだった？」ハラーが訊いた。「そこの連中とは何度かやりあった経験がある」

「ケネディだ」ボッシュは言った。「ファーストネームは思いだせない」

「アレックス・ケネディだな。あいつは本物のクソ野郎だ。あんたには敬意をもって接していたかもしれないが、あいつはナイフを持って背後にまわり、頭の皮を剝ごうとするやつだぞ」

　ホッとしたのもつかのまか、とボッシュは感じた。いま、車はフリーウェイ5号線を走っており、サンフェルナンドの出口に近づいていた。

「いいニュースは、あんなやつクソ食らえというものだ」ハラーは言った。「もしこれがすべて新しい証拠に基づいており、任務上の違法行為に基づいているのでないのなら、いまも言ったように、市があんたを守らなければならない。この件におれが必要かい？」

「まだいい」ボッシュは言った。「いま調べているところなんだ。自分の捜査を調べ直してみたが、当時まちがってはいなかったと思う。ボーダーズが犯行をおこなったのは確かだ。おれは解決策を見つけるつもりだ。だけど、審問は来週水曜日に予定されている。その場でおれの取り得る手立てはなんだろう？」

「いまからそのときまでにあんたがなにを見つけるかによるが、おれはいつでも一切合切に異議を唱え、本件に関する審理を求める申し立てができるぞ。それによって裁定が停止され、判事に一週間かそこら裁定を遅らせる材料を与えられるかもしれない。だが、最終的には、根拠を示さなければ、口をつぐんでいろ、という羽目になるだろう」

ボッシュはそれについて考えてみた。事件を捜査するのにさらに時間が要るなら、それも取る手かもしれなかった。

「それにしても奇妙だな」ハラーは言った。

「なにが？」ボッシュが訊き返す。

「おれが判事に死刑囚房の囚人を釈放しないように頼む羽目になるかもしれないのが。事実として、そんな事態ははじめての体験になるぞ。アソシエトに下請けに出さなきゃならないかもしれない。この件のまちがった側につけば、うちの商売に悪い影響がでかねないぜ、兄弟《ブロー》。言ってみただけだが」

「まちがった側にはつかないだろうよ」

「おれが言ってるのは、DNAは強力な同点弾なんだ。どれくらいの頻度で警官がまちがっていて、無実の人間を刑務所に送っていると思う？」

「ほとんどないんじゃないか」

「一パーセント？　つまり、だれも完璧ではありえない、そうだろ？」

「どうだろう、ひょっとしたらそうかもな」

「この国では二百万の人間が刑務所に入っている。二百万人だ。もし司法制度が一パーセントまちがっているなら、二万人の無実の人間が刑務所に入っている計算になる。半分の〇・五パーセントに下げたところで、一万人になる。その数字がおれを夜眠らせないんだ。いつも言ってるんだが、もっとも恐ろしい依頼人は無実の依頼人だ。なぜなら、かかっているものが大きすぎる」

「では、ひょっとしたら、きみに今回の件を任せるのはまちがった人選かもな」

「いいかい、おれが言っているのは、司法制度は不完全だということだけさ。刑務所に無実の人間が入っているし、死刑囚房に無実の人間がおり、無実の人間が死刑になっている。厳然たる事実なんだ。この件でとことんやるまえにその事実を考慮しないとだめだぜ。いずれにせよ、あんたは個人的に守られている。それだけを覚えておいてくれ」

「そうするよ。だが、もういかないと。打ち合わせがあるんだ」

「わかった、兄弟《ブロー》。おれが必要ならいつでも連絡してくれ」

ボッシュは電話を切ったが、いまや、けさ家を出たときより自分の置かれている状況に関していやな気分になっていた。

8

ボッシュが七時三十分の少しまえに作戦司令室に入ったところ、ルルデスはすでにホワイトボードのひとつに事件の詳細とタスクリストを記入しているところだった。

「おはよう、ベラ」

「おはよ、ハリー。刑事部屋に新しいポットがあるわ」

「いまは飲まなくて大丈夫だ。少しは眠れたか？」

「少しだけ。ここで四年ぶりに生の殺人事件が起こったんだから、なかなか眠れなかった」

ボッシュはテーブルの上座の椅子を引きだし、ルルデスが書き上げているものをじっくり見られるように腰を下ろした。左側のホワイトボードは、ルルデスが中央に垂直の線を下ろしてふたつの欄に分けていた。一方の欄は〝ホセ〟と記し、もう一方の欄は〝ジュニア〟と記していた。被害者それぞれに関する基礎的な事実が、それぞれの名前の下に書き連ねられていた。ルルデスが殺人事件後、午後の大半をふたりの被害者の妻であり母親である女性とともに過ごしていたのをボッシュは知っていた。ルルデスは被害者一家の動態について充分な情報を集めていた。薬学部を出たてのホセ・ジュニアは実家で暮らしていたが、生活や勤務形態について両親と揉めていたという。

ルルデスは二枚目のホワイトボードに書きこんでおり、捜査の手がかりと、担当を割り当て、遂行しなければならないタスクを項目立てしていた。あるものは黒いマーカーで書き、あるものは赤いマーカーで書いていた。検屍解剖と条痕検査をおこなう必要があった。薬局《ファルマシア》の防犯カメラのビデオ映像は殺人事件の三十日まえまで遡って見ることができ、目を通すのにかなりの時間がかかるだろう。近年、ロサンジェルスで発生している薬局強盗がほかにもあり、調べて類似点を探さなければならないだろう。

「なぜ赤色を？」ボッシュが訊いた。

「優先度が高いものを示している」ルルデスが答える。

「ＭＢＣってなんだい？」

ルルデスはその文字を赤色で書いて、下線を引き、そこから自分のイニシャルに向けた矢印を足していた。つまり、ルルデスが扱う予定の手がかりだ。

「カリフォルニア州医事当局《メディカル・ボード・オブ・カリフォルニア》」ルルデスが答える。「きのう、ホセ・ジュニアの部屋に入り、MBCからの手紙を見つけたの。ジュニアからの告発状の受領を伝え、調査官が精査したのち、連絡すると記されていた」

「そうか」ボッシュは言った。「それの優先度が高いと判断した根拠は？」

「二点ある。ひとつは、その手紙が彼のひきだしに入っていたという点。隠していたかのように」

「だれから？　両親からか？」

「まだわかっていない。もうひとつは、ジュニアと父親が最近喧嘩をしていたと母親が打ち明けた点。喧嘩の原因はなにか母親はわかっていなかったけど、仕事にかかわるなにかだったみたい。ふたりは家では口もきかなかったそうよ。わたしの勘では、医事当局に息子がおこなった告発に関係するものが原因ね。調べてみる価値があるように思える」

「賛成だ。なにか手に入ったら教えてくれ」

ドアがあき、シストとルゾーンが入ってきて、そのあとにトレヴィーノ警部がつづいた。三人とも湯気を立てているコーヒーが入ったマグカップを手にしていた。

トレヴィーノは五十代半ばで、ごま塩の口ひげを生やし、頭を剃り上げていた。制服を着ていた。ふだんからそうしているのだが、ボッシュは変だとつねづね思っていた。なぜならトレヴィーノは刑事部の責任者であり、そこではだれも制服を着ていないからだ。市警内では、トレヴィーノが市警本部長の後継者であるのは明らかだと知られていたが、生涯ずっとこの街の住民である本部長がどこかにいく兆しはなかった。それがトレヴィーノをいらだたせ、ルールや規律にやかましい人間にさせているというのがボッシュの見方だった。

「わたしが参加し、あとで本部長に最新の状況を伝える」トレヴィーノは言った。「本部長は地元財界人朝食会があり、そこにいなければならないんだ」

サンフェルナンドのような小さな街では、市警本部長は、警察の管理責任者であるだけでなく、政治家と地域社会のチアリーダーをひとしく務めなければならなかった。商業施設が集まり、地域住民で賑わうメインストリートのひとつで起きた二重殺人事件は、注目の話題になるだろう。バルデスは地元の有力者たちの神経を宥《なだ》め、捜査への自信を吹聴しなければならないだろう。

「問題ないですよ」ボッシュは言った。

ボッシュとトレヴィーノは、ボッシュが最初にこの市警へ来たとき、剣呑なスター意を払った。ボッシュのロス市警との悶着の経緯に基づいて、警部はボッシュを注意深く監視しておかねばならない要注意人物と見なしたのだ。それはボッシュにとって都合が悪かったが、一年ほど経って、ボッシュとルルデスによる捜査で、四年以上にわたってこの小さな都市に住む女性を標的にしていた連続強姦犯を突き止め、逮捕にこぎ着けたときに事態は改善された。事件解決の発表で、地域社会から警察に対して大きな支持の声が生まれ、トレヴィーノは刑事部の責任者として、過分なほどの信頼を受け取った。それ以来、トレヴィーノは、市の旧刑務所に保管されている未解決事件のファイルと証拠保管箱に取りくむボッシュを思いどおりにさせていた。だが、当初の疑念がまだ消えないままでいるのをボッシュは感じており、トレヴィーノがボーダーズ事件の状況に気がつけば、ボッシュに出ていってもらわねばならないと市警本部長の耳に囁くようになるだろう。

「まず、薬局のビデオ映像を見ようじゃないか」ボッシュが言った。「われわれ全員が見たわけじゃない。そのあとで、意見を交換し、きのうの仕事をまとめればいい。トレヴィーノ警部が本部長に最新の状況を伝えられるように。ベラ？」

ルルデスはリモコンを手に取り、ホワイトボードと反対側の壁際に置かれたモニター画面のひとつのスイッチを入れた。薬局《ファルマシア》のビデオはすでに必要な場面からはじまるようになっていた。ボッシュとルルデスが昨晩、何度もそれを見ていたからだ。ふたりが帰宅するまえの最後の仕事だった。

薬局には三台の防犯カメラがあり、処方カウンターの上の天井カメラが殺人事件のもっとも完全な記録を提供した。作戦司令室にいる五名は、ビデオがスローモーションで再生されるのを黙って見つめた。

画面上では、ホセ・エスキベルと息子のふたりとも、調剤セクションにあるカウンターの奥にいた。ふたりはその日の準備をしていた。薬局は日曜日を除いて、毎日午前十時に開店していた。ホセ・シニアはカウンターのそばにいて、小さな白い袋が何枚も入っているプラスチック製の籠を調べていた――受け取りにくるのを待っている袋詰めされた処方薬だ。ホセ・ジュニアはカウンターの端にあるコンピュータのまえに立ち、どうやら診療所から送られてきた新しい処方箋を確認しているところのようだった。店にはほかに従業員はいなかった。前日の聴取を通して、父と息子だけがフルタイムで働く従業員であると判明していた。パートタイムの従業員がひとりいて、週のうちもっとも忙しい日や、エスキベル親子のどちらかが休暇を取っているときに出てきてもらっていた。だが、その女性従業員は薬剤師ではなく、主にレジ係として役立っていた。

ビデオのタイマーによれば午前十時十四分、薬局の正面ドアがあき、ふたりの男が入ってきた。すでに目出し帽を頭からかぶっており、手袋をはめた手に武器をぶら下げていた。ふたりは走っていなかったが、足早に進み、別々の商品通路を通って、店の奥にあるカウンターに向かった。

ホセ・シニアがまず顔を起こし、自分の居場所にまっすぐつながっている通路にいる男を見た。カメラの角度からは、彼がふたりめの男を認識したかどうかは判読できなかった。だが、彼はすぐに右側に動き、前腕を息子の脇へ押しつけ、コンピュータから息子を押しのけると、近づいてくる危険を息子に警告した。

ビデオは無音声だったが、ホセ・シニアが息子になにか叫んだのは明らかだった。すると、ホセ・ジュニアは、右を向き、廊下と裏の出入り口につながっているスイングドアのほうを見た。そちらに動くと、もう一方の通路をやってくる男の行く手に自分が立ってしまう事態になると彼は気づかなかったようだ。ホセ・ジュニアは廊下に駆けこもうとした。通路から銃を持った男が現れ、あとを追い、ふたりはカメラから見えなくなって、薬局の奥に入っていった。

もうひとりの銃を持った男は躊躇せずにカウンターへ向かい、武器を構えた。ホセ・シニアは降参の印にてのひらを広げて両手を掲げた。銃を持った男は銃をエスキベルの掲げた手のあいだに伸ばし、相手の胸をほぼ直射で撃った。貫通した銃弾がホセ・シニアの背後のキャビネットを破壊した。ホセ・シニアは一歩うしろへ下がり、キャビネットに激しくぶつかると、床に倒れた。両手はまだ肩の高さまで掲げられたままだった。

「なんてこった、冷酷極まりない」まだビデオを見ていなかったシストが言った。

だれもそれに反応しなかった。一同は押し黙ってビデオを見つめていた。

エスキベルが倒れてから少しして、ふたりめの銃を持った男が奥の廊下から戻ってきて戸口に姿を現した。ホセ・ジュニアを撃ち殺したあとのようだった。男はカウンターに近づき、白いプラスチック製のゴミ籠に手を伸ばした。その中身を床にぶちまけると、薬キャビネットのあいだを動きまわり、ひきだしをあけ、錠剤やカプセルの在庫をゴミ籠に放りこみはじめた。もうひとりの男は目を正面ドアに向けていた。両手で銃を持ち、いつでも使える用意をしていた。さらなる犠牲者が出なかったのがどれほど幸運だったのか、ボッシュはあらためて実感した——待ち受けている危険も知らずにうっかり店に入ってくる客はいなかった。この殺人犯たちは目撃者を残すつもりがないのは明らかだった。

大量殺戮になりかねなかった。

銃を持った男たちが正面ドアから入ってきてから九十秒後、ふたりは裏の廊下に入り、二度と姿を現さなかった。裏の出入り口から逃げていったのだ。

「裏の路地に車と運転手を待たせていたにちがいない」ルルデスが言った。「もう一回見たい人はいる？」

「いや、けっこうだ」トレヴィーノが言った。「息子が撃たれた場所のビデオ映像はないのか？」

「ありません。裏の廊下は防犯カメラで写すようになっていないんです」ルルデスが言った。

「ストリートはどうだ？」トレヴィーノが念押しした。「あのふたりの人でなしが目出し帽を脱いで映っている映像はないのか？」

「ありません」ルゾーンが言った。「モールの両端に防犯カメラが設置されていますが、そこにはなにも映っていなかったんです」

「連中は路地で車から降ろされ、〈スリー・キングズ〉の裏口から店内に入ったんだと考えられます」シストは薬局の二軒隣にあるバーの英語名を使った。

「バーを通り抜けると、正面ドアから出た」ルゾーンが言った。「それから〈ラ・ファミリア〉に向かい、目出し帽をかぶってから店内に入った」

「連中は自分たちがなにをやるつもりなのかわかっていたんです」シストが付け加えた。「それに防犯カメラのありかも」

「〈キングズ〉で犯人の人相風体《ふうてい》は得られたのか？」トレヴィーノが訊く。

「あそこにはあまり協力的なグループはいませんよ、警部」ルゾーンが言った。「ふたりの男がすごく急いで通り抜けていったのを見たとバーテンダーが言った以外の証言は得られていません。ふたりは白人で、それだけだ、とバーテンダーは言いました」

トレヴィーノは渋面をこしらえた。〈トレス・レイエス〉は、頻繁にパトロールからの通報が入る店だとトレヴィーノは充分承知していた。喧嘩や博奕、酔っ払い、治安紊乱《びんらん》行為、条例違反、その他の破壊事件が理由で。その店はモールの泣き所だった。サンフェルナンド市警は永年、なにか手を打つようにと地域住民からのプレッシャーを受けてきた。バルデス本部長は定期的に署の点呼に顔を出し、店への先を見越した取り締まりを指示した。要するにパトロール警官にシフトのあいだに複数回バーの店内の通り抜けを要求していた——バーの店側にも客側にも歓迎されない慣行だった。結果的に警察とバーの経営陣と顧客たちとのあいだの関係は、いいものではなくなった。今回の事件に関して〈トレス・レイエス〉から協力はあまり得られないだろレヴィーノが訊ねる。「市《シティ》で最近起こった事件ののなかに、今回の事件と似ているものはあるか？」トトレヴィーノが言っている市とはロサンジェルスを指す。サンフェルナンドの住民の大半は、ここを街《タウン》と呼び、ロサンジェルスを市と呼んでいた。

「二件、似た事件がありました」シストが言った。「両方とも市内で起こっています。きょう、両方の事件の詳細とビデオ映像を手に入れる予定です。ですが、基本的な事項はおなじです――目出し帽をかぶったふたりの白人男性がいて、運転手が外で待機している。唯一異なっているのは、両方の事件でだれも負傷していない点です。両方の事件とも、ストレートな強盗事件でした――一件がエンシーノで、もう一件がウェスト・ヒルズで起こっています」

　ボッシュは思わず首を横に振り、トレヴィーノがそれに気づいた。

「うちの事件の犯人の仕業ではない？」警部は訊ねた。

「ちがうでしょうね」ボッシュは言った。「われわれの事件の犯人はそう思わせたがっているでしょう。だけど、今回の事件は殺しです」

「わかった」トレヴィーノは言った。「では、どこに捜査の照準を定めればいい？」

「息子でしょうね」ルルデスが言った。

「どうしてそう思う？」警部が訊ねる。

「そうですね、われわれにわかるかぎりでは、あの息子はまっとうな人間でした。昨年、カリフォルニア州立大ノースリッジ校の薬学部を卒業しています。逮捕記録はなく、ギャングに加わっていた形跡もありません。ハイスクールでは〝もっとも将来を嘱望される〟成績を上げていた。だが、エスキベル夫人によれば、息子は家業と実家暮らしに関して、困難な局面に置かれていたそうです」

「それ以上の情報と、それがどう関係しているのかは、わかっているのか？」

「現時点ではわかっていませんが、取り組んでいるところです。もう一度、エスキベル夫人と話をする必要があります。昨夜は、話を聞くには適切なタイミングじゃありませんでした」

「で、なぜその息子がらみだという考えが出たんだ？」

ボッシュは画面を指さした。ホセ・シニアが自分の経営する店の床に命を失って力なく横たわっているところが映っている場面で映像が停止していた。

「あのビデオです」ボッシュは言った。「父親はなにが起こりかけていたのかわかっていたようで、息子をそこから逃がそうとしました。それに過剰殺傷があります――

父親は一発だけ撃たれたのに対し、息子は三度撃たれています」

「加えて、肛門への一発は遺恨があったことを如実に物語っています」シストが付け加えた。

トレヴィーノはいま言われた話をすべて計算して、うなずいた。

「わかった。次の動きはどういうものになる？」トレヴィーノは訊いた。

そして捜査の任務割り当てがおこなわれ、ルゾーンは検屍解剖と条痕検査を任された。殺害に用いられた武器の種類を突き止め、条痕関連情報を収めているデータベース上のほかの事件と合致するかどうか、至急調べるよう命じられた。

シストはビデオの分析を受け持ち、薬局から入手したビデオ映像を遡って、ふたりの銃を持った男が事件の一ヵ月まえから現在までに店を下見していた形跡がないか調べるとともに、父親と息子の関係を深く掘り下げてみるよう指示を受けた。シストはまた、二件の同様の薬局強盗事件についてロス市警に問い合わせ、それらの事件で得られたビデオ映像を見られるかどうか確かめてみる任務も与えられた。

ルルデスは息子の背景調査をつづけ、彼が州の医事当局におこなったという告発についても調べてみる、と言った。ボッシュは事件コーディネーターとして捜査に当たり、ルルデスが聞き込みで署を離れる際に彼女を支援する任務を割り当てられた。

それに気づいてトレヴィーノは全員に最後の指示を与えた。

「これは殺人事件捜査だ。したがって危険の度合いもより高いものになる」トレヴィーノは言った。「みんな気をつけてくれ。銃撃犯が関わっている。われわれは小さな警察署であるのはわかっているが、だれも今回の事件でパートナー抜きで外に出てはならない。自分がなにに足を踏み入れるのか、だれにもわからない。了解してくれるか？」

いっせいに確認の声が返ってきた。

「オーケイ」トレヴィーノは言った。「連中を見つけようじゃないか」

9

作戦司令室での打ち合わせのあと、ルルデスが州医事当局の調査部の人間をつかまえようとする一方で、ボッシュは署をあとにした。二ブロック歩いて、トルーマン・ストリートにあるショッピング・プラザにいき、大手通信会社が必要とする固定住所とクレジット利用歴を提供できない新たな移住者に使い捨て携帯電話を売っている食料雑貨店《ボデガ》に入った。メール機能が付いて、充電百パーセントの使い捨て携帯電話を一台購入した。店を出ると、ルシア・ソトにごく短いメッセージを送った。

ありがとう。

一分足らずで反応が返ってきた。

だれ？

ボッシュは入力した。

人けのないところへいけ。五分後。


ボッシュは腕時計を確認し、署に向かって戻りはじめた。五分後、署のサブ駐車場に立って、電話をかけた。ソトが電話に出たが、なにも言わなかった。

「ルシア、おれだ」

「ハリー？　なにをしてるの？　あなたの携帯電話はどこ？」

「これは使い捨て携帯だ。おれと話をする記録を残したくないだろうと思ったんだ」

「馬鹿言わないで。なにごと？　なぜわたしに感謝しているの？」

「ファイルのお礼だ」

「なんのファイル？」

「オーケイ、きみがそういうフリをしたいなら、それでいい。わかったよ。きみに言わなければならないんだが、おれは元の事件を調べた——元の事件でおれがおこなった捜査を――で、全部そこにあったんだ、ルシア。立件の根拠は確実だった。なるほど情況証拠だった。だが、確実にあの評決に結びつく証拠だった。きみは一切合切今回の件から手を引き、あいつを娑婆に戻すのを止めなければならない」

「ハリー……」

ソトは途中で言葉を切った。

「なんだ、ルシア？　いいか、わからないのか？　おれはきみがいま大問題にはまりこんでにっちもさっちもいかなくなるのを防いでやろうとしているんだぞ。どういうわけか、どういう方法でか、こいつはペテンだ。タプスコットがおれに見せた、きみたちふたりがあの箱をあけているビデオのコピーをおれに渡してくれないか？」

長い間がさらに空いたのち、ソトが反応した。

「いま大問題を抱えているのはあなただと思う、ハリー」

ボッシュはそれに対して言うべき言葉を持っていなかった。ソトの自分に対する見方のなにかが変わってしまっているのをボッシュは感じた。彼女はボッシュに失望しており、同情はしていたが、かつてボッシュに抱いていたような尊敬の気持ちはなくなっていた。ボッシュはなにかを見落としていた。ソトが認めようと認めまいと、彼女が郵便受けに押しこんでいった捜査ファイルにボッシュは戻らなければならなかった。ソトはボッシュに協力しようとしてではなく、まえに待ち受けているものに対して警告しようとしてそうしたのだと考えざるをえなかった。

「聞いてちょうだい」ソトが言った。「わたしはあなたのためにあえて危険を冒している。なぜって……わたしたちはパートナーだったから。あなたは目立たないようにして調べる必要がある。さもなきゃあなたはひどい形で傷つく羽目に陥るわよ」

「あいつが――あの殺人犯が――自由の身となってサンクエンティンを堂々と出ていくのを目にすることになれば、ひどい被害をもたらすとは思わないのかい？」

「もういかないと。ファイルを全部読んだほうがいいよ」

ソトは電話を切り、ボッシュはつい先ほど四十ドルを費やしてあがなったものの、おそらく二度と使わないであろう携帯電話を握って茫然としていた。

ボッシュは自分の車に向かった。自宅からスカイラー事件のファイルを持参しており、後部座席の床に置いていた。ソトはファイルに戻れと明瞭に指示した。ソトがボッシュを向かわせようとしている新たな捜査になにかがあり、少なくともアレックス・ケネディの心のなかでは、それが元の捜査の法的効力を失わせていた。ＤＮＡ以上のなにかがある、とボッシュは推測した。

ボッシュが車にたどり着かないうちに、署の通用口のドアがあき、ルルデスが外に出た。

「ハリー、あなたをつかまえようとしていたの。どこへいくつもり？」

「車から取ってくるものがあっただけさ。どうした？」

「わたしの車でいきましょう。州医事当局の調査官と話をしたの」

ボッシュは使い捨て携帯電話をポケットに押しこみ、ルルデスのあとにつづいて彼女の覆面パトカーにたどり着いた。ボッシュは助手席に座り、ルルデスがバックで駐車場から車を出しはじめた。ルルデスがセンター・コンソールにメモ用紙を置いていたのにボッシュは気づいた。メモには、「サンフェルナンド・ロードとテラ・ベラ・ストリート」と書かれていた。そこは、ロサンジェルス近郊のパコイマにある交差点だと、ボッシュは知っていた。パコイマはサンフェルナンドの南側に隣接している場所だった。

「パコイマ？」ボッシュは訊いた。

「ホセ・ジュニアは医事当局に電子メールを送り、パコイマにあるクリニックがオキシコドンを過剰処方していると告発していたの」ルルデスは言った。「車でそのクリニックのまえを通り過ぎて、場所を確認してみたい」

「わかった。いつジュニアはその電子メールを送ったんだ？」

「二ヵ月まえ。州都サクラメントにある中央告発部へ送って、そこでしばらく寝かされたのち、ロスの取り締まり部門へ転送された。そのメールを受け取った人間を突き止めた。まだ、調査の初期段階とその男は言ってた。ホセ・ジュニアとは話をしておらず、なんらかの法的措置を執るまえのデータ集めをしていると言ってた」

「データを集める？　そのクリニックがどれくらいオキシコドンを処方しているかというデータを？」

「ええ、そのクリニックを特定し、そこにどんな医師がいるか、ライセンス関係、処方数などあらゆる種類のデータを。初期段階というのは、まだなにも起こっていないのを示す、その男なりの話し方だと思う。そのクリニックは、自分たちのレーダーにはかかっておらず、うさんくさい処方箋工場《ピル・ミル》のようだ、と調査官は言っていた。きょう存在していたとしても当局が気づいたらたちまち姿を消してしまうような場所だ、と。要するに、たいていの場合、そんなところは合法的な薬局を利用しないんだ、と彼は言ってた。たいてい、薬局もグルになっているか、少なくとも知らぬふりをして、処方箋の指示どおりに薬を出すんですって」

「では、ホセ・シニアは知らぬふりをしていたとでも言おうか。彼の息子は世間知らずで馬鹿正直な薬学部出で、うろんなクリニックに指を突きつけ、自分はいいことをおこなっていると考えた」

ルルデスはうなずいた。

「まさにそう」ルルデスは言った。「彼はまっとうな人間だと、わたしはあなたに言ったでしょ。目のまえでなにが起こっているのか見て、当局に告発をおこなったの」

「で、父親と息子のあいだでいろいろ問題があった――ふたりが喧嘩をしていた理由だ」ボッシュは付け加えた。「ホセ・シニアが、偽の処方箋のもたらす金を好んだのか、あるいは告発がもたらしかねない危険を怖れたかのどちらかだ」

「それだけじゃなく、ジュニアは電子メールのなかで、クリニックからの処方箋に薬を出すのをやめるつもりだと書いていた。それはあらゆる行動のなかで危険極まりない行動になった可能性がある」

ボッシュは胸に鈍い痛みを覚えた。疚《やま》しさと恥ずかしさからくる痛みだ。ホセ・エスキベル・ジュニアを見くびっていた。ボッシュは、最初、ギャングに加わっていた形跡を訊ね、ジュニアの活動や付き合いが殺人事件の動機となったのだろうという結論に飛びついていた。ある意味では正しかったかもしれないが、若者に関してはまったく見当外れだった。なにか悪事を目にし、やみくもに正しい行動を取ろうとした理想主義者である真実が明らかになったのだ。

そしてそれが若者の命を奪った。

「クソ」ボッシュは言った。「処方箋の薬を出すのをやめたらどうなるかわかっていなかったんだ」

「そのせいで悲劇が生まれた」ルルデスが付け加えた。

ボッシュはそのあと黙りこみ、おのれの判断ミスについて考えた。被害者と、被害をもたらした犯罪を解決する任についた刑事とのあいだには結びつきが生じるのがつねであるだけに、ボッシュを深く悩ませた。ボッシュは被害者の善良さを疑い、被害者の尊厳を傷つけた。そうすることでボッシュは自分自身の尊厳も傷つけてしまった。それによりボッシュはふたりの男を見つけるための努力を倍増させたくなった。きのうの朝、恐ろしくすばやく薬局のなかを動き、致命的な被害をもたらしたふたりの男を。

ホセ・ジュニアが裏口のドアに向かって廊下を通り抜けようとしたときに感じたにちがいない恐怖をボッシュは脳裏に浮かべた。あとに父親を残してきたとわかっている恐怖を。

ビデオには音声が入っておらず、ホセ・ジュニアへの銃撃は防犯カメラに映っていなかったので、確信は持てなかったが、父親が最初に撃たれ、廊下で息子は逃げようとしながらその銃声を耳にしたのだろう、とボッシュは推測した。みずからも撃たれ、殺人犯が近づいてきて、最後の侮辱的発砲をおこない、仕事にけりをつける直前に。

トルーマン・ストリートを南下し、サンフェルナンド・ロードと合流する地点まで進むと、まもなくして市境を横断し、パコイマに入った。どこにも「ロサンジェルスにようこそ」の看板はなかったが、ふたつの自治体の違いは明白だった。通りにはゴミが散乱し、壁は落書きだらけだった。中央分離帯は茶色で、雑草で埋まっていた。ビニール袋が道路と並行しているメトロ線路を保護するフェンスにからまっている。ボッシュの目には、陰鬱な光景に映った。

パコイマはサンフェルナンドとおなじ人種構成だったが、隣り合った自治体の経済レベルには明白な相違があった。

まもなくすると車はホワイトマン空港の南外周に沿って進んでいた。小型の民間飛行場で、まわりの共同体の住民が圧倒的に褐色と黒色の肌をしているのを考慮した場合、皮肉なネーミングになっていた。テラ・ベラ・ストリートの交差点に近づくとルルデスは車の速度を落とした。角に白い平屋建ての建物があるのが見えた。建物の塗装が真新しく、陽を浴びて輝いているため、また、ドアがなく、クリニックあるいはほかの用途であるのを伝える看板のたぐいがいっさいないため、かえって目立つ建物だった。

ルルデスは建物の側面を確認できるようにテラ・ベラ・ストリートの交差点で方向転換した。側面には両開きドアの入り口があるのに気づいたが、クリニックが営業中かどうかを示すものはどこにもなかった。塗装が新しく、看板が欠如している状態は、クリニックがまともに営業しているようには見えなかった。

ルルデスは南へ向かって車を進めつづけた。

「どう思う?」ルルデスが訊いた。

「さあな」ボッシュが答える。「しばらく見張っていたいだろ、営業しているのかどうかを見極めるために。あるいは、きみが車を停めてくれれば、おれはあのドアを試してくることもできる」

ルルデスはなにをすべきかじっくり検討しながら、車を走らせつづけた。

「自分たちが手にしているのがなんなのかわからないいま、あそこに押しかけたくはないな」ようやくルルデスは言った。

ルルデスは火災用スプリンクラーを製造している会社の入り口の車回しに車を入れ、方向転換をしてバックで出た。

「しばらく見張っていましょう」ルルデスは言った。「なにが起こるのか確かめるの」

「いい考えだ」ボッシュは言った。

ルルデスは半ブロック戻ってテラ・ベラ・ストリートの交差点にたどり着き、道路脇に車を寄せ、一台のセダンのうしろに停めた。セダンがブラインドになったが、クリニックのドアに目を向けつづけるのは可能だった。ほぼ十五分間、ふたりは心地よい沈黙のなかで座っていたが、やがてルルデスが口をひらいた。

「まだルーシー・ソトと頻繁に連絡を取りあっているの？」ルルデスが訊いた。

ラテン系法執行機関職員の組織を通じて、ルルデスとソトが少なくとも浅い知り合いである事実をボッシュは忘れていた。

「ときどき話はしているが、きのう会ったのが二年ぶりだ」ボッシュは言った。

ルルデスが昨日のダウンタウンからの来訪者の理由を探ろうとかまをかけてきたのだとボッシュはわかっていたが、その件について話すつもりは毛頭なかった。ボッシュは話題を変えた。

「きみの息子は、ことしのドジャースに昂奮しているだろ？」ボッシュは訊いた。

「ええ、もちろん」ルルデスは言った。「あの子が見にいく試合を選んでいるので、わたしはチケットを手に入れなきゃならない。あの子の予想では、ことしは優勝するだろうって」

「やっとだな」

「ええ」

「ソトは一度もドジャースの試合にいった経験がないって知ってるかい？　彼女の祖父母と父親が一九五〇年代にチャベス・ラヴィーンからほっぽり出されたので、ソトはあの場所にはけっして足を踏み入れるつもりがないんだ。ポリス・アカデミーにいくのさえいやがっている」

ボッシュが話題にしているのは、ダウンタウンの近くに野球場を建設するため、チャベス・ラヴィーンに住んでいたラテン系住民をごっそり強制立ち退きさせた件だった。報道カメラに記録された数多くの涙を誘う暴力的な強制執行を含む、その行動がもたらした苦しみは、おおぜいに愛されているチームの歴史にいまだに汚点を残している。ロス市警アカデミーは、スタジアムの広大な駐車場の縁に建っていた。

「それはよくわかるけど」ルルデスは言った。「だけど、はるか昔の出来事でしょ。野球は野球。母親であるわたしが生まれもしていない時代に起こった出来事を理由に幼い息子の野球への愛を否定するなんてね」

「母親の野球への愛もな」ボッシュは言った。

ボッシュは笑みを浮かべた。ルルデスが返す言葉をつむげぬうちに、一台のヴァンがサンフェルナンド・ロードの角を曲がって、テラ・ベラ・ストリートに入ってくるのが見えた。ボッシュは、最初、そのヴァンがスプリンクラー・メーカーに向かっていると思ったが、車はクリニックのドアの真正面に停まった。ボッシュとルルデスが黙って見つめていると、ヴァンのサイドドアがあき、人々が続々と降りてきて、クリニックのドアに向かった。

ボッシュが数えると十一人いた。ヴァンのなかに留まっている運転手を含まずに。彼らはクリニックのなかに姿を消した。

「で、あれはなに？」ルルデスが訊いた。

「さあな」ボッシュは言った。「ひょっとしたら、老人ホームかどこかであの連中を乗せたのかもしれない」

「みんながみんな年寄りじゃない」

「大半が年寄りだ」

「それに老人ホームの人間というよりもホームレスのほうにずっと近いんだけど」

ボッシュはうなずき、ふたりとも黙りこむと、監視をつづけた。

ヴァンの運転手は運転席から動かず、サイドドアはあいたままだった。

ヴァンから降りて二十分ほど経ったころ、乗客たちがクリニックから出てきはじめ、並んでヴァンに戻っていった。今回、ボッシュは先ほどよりも目を凝らして見た。彼らは性別や人種はまちまちだったが、一貫して痩せこけた体軀にだらんと垂れ下がっているような、みすぼらしい身なりをしていた。ボッシュの目には、ダウンタウンのフィフス・ストリートの炊き出し所の列に並んでいるような人々に映った。

「どう思う？」ルルデスが訊いた。

「わからん」ボッシュは言った。「看板を正面に出していないクリニックとはどんなところだ？」

「非合法のたぐい」

「で、そこの患者は？」

「たぶん、薬剤を不正購入する連中《ピル・シル》ね。医事当局の調査官であるジェリーがそう呼んでた。つまり、受け子。彼らはいわゆるクリニックに出向き、処方箋を手に入れ、薬局へ錠剤《ピル》をもらいにいく。錠剤一錠につき一ドルを受け取る。一回あたり六十錠手に入るのなら悪くないんじゃないかな」

「で、ストリートでは何ドルで売ってるんだ？」

「ジェリーの話では、それは錠剤の分量となにを売るかによるそう。一般的には一ミリグラム一ドル。オキシコドンの処方薬は通常一錠三十ミリグラムのものになっている。だけど、ジェリーが言うには、近ごろの処方鎮痛剤《ヒルビリー・ヘロイン》の目玉は、一錠八十ミリグラムのものらしい。それにオキシモルフォンと呼ばれている薬もある。次に来る大物なんですって。オキシコドンより十倍強力なハイが得られるらしい」

　ボッシュは携帯電話を取りだし、カメラ・アプリを起ち上げた。ダッシュボードに携帯電話を安定させると、クリニックとヴァンの写真を撮りはじめる。ズーム機能を用いて、ヴァンに乗りこむ人々の接近映像を撮影しようとしたが、顔立ちはぼやけてしまった。

「ヴァンは薬局巡りに連中を連れ回すと思うか？」ボッシュは訊いた。

「そうかもしれない」ルルデスが答える。「ジェリーの話では、老人は最高の受け子になるそうよ。年寄りは重宝されている」

「なぜだ？」

「なぜなら、メディケア（高齢者と障害者対象の公的医療保険制度）の対象年齢になっているくらい年寄りに見える人が欲しいから。偽造したメディケアDカード（処方箋薬剤給付保険プラン加入者用カード）を渡すの――合法的なカード保有者の名前を買ってるわけ――で、カードを受け取った人たちは、処方箋に書かれた薬に満額払わずにすむ」

ボッシュは信じられない思いで首を振った。

「では、メディケアはドラッグの金を薬局に払い戻すんだ」ボッシュは言った。「言い換えるなら、連邦政府がこの違法な手口を金銭的に支えている」

「多額の出資をしている」ルルデスは言った。「ジェリーによると」

最後の男性がクリニックのドアから出てきて、ヴァンに向かった。ボッシュの勘定では、いまでは十二人の男女が後部座席に押しこまれていた。彼らは白人、黒人、ラテン系であり、共通する要素は、全員厳しい人生をたどってきた様子である点だった。まちがいなく厳しい生活から来るやつれた顔とみすぼらしい身なりをしていた。

サングラスをかけ、黒いゴルフシャツを着た運転手が降りてきて、ヴァンのまえを横切って、サイドドアをスライドさせて閉めた。ボッシュがカメラをズームさせたころには、手遅れで運転手を撮影できなかった。運転手はヴァンに戻っており、ウインドシールドに反射する光に見えなくなっていた。

ヴァンはクリニックから出発し、テラ・ベラ・ストリートをふたりの刑事がいる方向に向かってきた。ボッシュは携帯電話をダッシュボードから降ろした。

「クソ」ルルデスが言った。

ボッシュとルルデスが覆面パトカーに乗っているのをごまかす偽装はまったく施さ

れていなかった。車の色は黒で、官給品のハブと、フロントグリルの奥に点滅灯が設置されていた。

だが、ヴァンは速度を緩めずに通り過ぎ、運転手は携帯電話の通話に心を奪われていた。ボッシュは運転手がやぎひげを生やし、携帯電話を持つ手に金の指輪をはめているのに気づいた。

ルルデスはヴァンが二ブロック進んで、エルドラド・アヴェニューにたどり着き、右折するまでサイドミラーで追っていた。

「追うべき？」ルルデスが訊いた。

「そうしたほうがいい」ボッシュが答える。

ルルデスは車を発進させ、三点方向転換をした。アクセルを踏みこんでエルドラド・アヴェニューに達し、ヴァンとおなじように右折した。ピアス・ストリートでヴァンがまた右折したところで追いついたが、ヴァンは北に向かい、サンフェルナンド・ロードとメトロの線路を横断し、ホワイトマン空港に入っていった。

「これは予想していなかった」ルルデスが言った。

「ああ、妙だな」ボッシュが付け加えた。

ヴァンは空港の入り口からプライベート格納庫エリアに通じるゲートのところで一

時停止した。窓から一本の腕が伸び、カードキーをリーダーにかざした。ゲートが上がり、ヴァンは通り抜けた。

ルルデスとボッシュは通り抜けられなかったが、空港内道路と並行に走っている外周道路があり、制限区域の外からヴァンを追いつづけられた。ふたりはヴァンが扉のあいている格納庫に入り、角度的にこちらから見えなくなるまで目で追っていた。

ふたりの刑事は外周道路のそばに車を停めて、待った。

「なにを考えているの？」ルルデスが訊いた。

「なにも考えていない」ボッシュは言った。「なにが起こるか見てみよう」

そのあとふたりは黙って見つめていた。数分後、単発の飛行機がプロペラを激しく回転させて格納庫から姿を現し、滑走路に向かって動きはじめた。飛行機が格納庫を出ていくと、さきほどのヴァンも出てきて、ゲートに向かって戻っていった。

「ヴァン、それとも飛行機？」ルルデスが訊いた。

「このまま留まって、あの飛行機を見ていよう」ボッシュは言った。「ヴァンのプレートナンバーは控えた」

ボッシュはコックピットのうしろの側面に窓が七枚あるのを数えた。それぞれの窓の内側でシェードが降ろされていた。ボッシュはポケットからペンと手帳を取りだし、飛行機のテールナンバーを書き留めた。また、現在の時刻もメモした。そののち、携帯電話をふたたび掲げると、滑走路をタキシングする飛行機の写真を撮影しはじめた。

「いったいここでわたしたちはなにを目にしているの？」ルルデスが訊いた。

「わからん」ボッシュは答えた。「だが、テールナンバーは押さえた。もし飛行計画《フライトプラン》を提出していたら、それを手に入れられるだろう」

ボッシュが格納庫を確認したところ、大きな幅広い扉がゆっくりと降りてきつつあった。

波形金属板に色褪せたペンキで宣伝文句が書かれていた。

飛びこもう！

ＳＦＶスカイダイビング・クラブ

きょう電話をかけて、きょう飛ぼう！

ボッシュは滑走路に関心を戻し、飛行機がタールマカダム舗装の滑走路を移動する様子を黙って見ていた。白い機体で、側面にバーントオレンジ色のストライプが入っていた。オーバーヘッド形の翼と、幅広い乗客ドアの輪郭の下にスカイダイビング用のジャンプデッキがついている。

ボッシュはカメラをビデオ撮影に切り換え、飛行機が速度を上げ、宙に浮かんだところを動画に収めた。飛行機はいったん東へ向かってから、太陽の下で南にバンクした。

ボッシュとルルデスは飛行機が見えなくなるまで見つめていた。

10

ホワイトマン空港の航空管制塔は、小さな普通の管理ビルの二階にあった。パブリック・スペースと階段のあいだに受付がひとりおり、警察バッジを見て黙ってふたりを通した。ボッシュとルルデスは階段をのぼり、〝航空管制《ATC》――入室禁止〟と書かれた標識の付いているドアをノックした。

ひとりの男が応対に出て、片手を上げ、〝入室禁止〟標識を指し示したが、同時にバッジを見せられた。

「お巡りさんか」男は言った。「ドラッグレーサーの件かい？」

ボッシュとルルデスは顔を見合わせた。その質問は予想外のものだった。

「いいえ」ルルデスは言った。「いましがた離陸した飛行機についてお訊きしたいんです」

男は振り返って、部屋越しに飛行場に面している窓の外を見た。あたかも自分が空港にいて、一機の飛行機が離陸したところなのを確認しているかのようだった。そうしておいて、ルルデスに向き直った。

「あのセスナかい？」

「スカイダイビング用飛行機の件です」ボッシュが言った。

「ああ、グランド・キャラバンだ。ミニヴァンの名でも知られている。それ以外に言える話はあまりないな」

「ここのなかで話ができる場所はありますか？　これは殺人事件捜査に関わっています」

「ああ、いいとも。どうぞ」

男は腕を伸ばして、なかに入るように促した。ボッシュは男が六十代後半で、軍務経験があると推測した――物腰や、敬礼のように手をサッと動かした様子がそれを物語っていた。

管制塔は小さなスペースしかなく、飛行場の全景を見渡すために必須の窓が付いていた。ボッシュはルルデスに合図して、座席のひとつに座らせ、自分はドアの隣にある、ひきだし四本のファイル・キャビネットに寄りかかった。

「まず名前からうかがえますか？」ルルデスが訊いた。

男は一脚残っている椅子をふたりの刑事に向かい合うよう動かしてから腰を下ろした。

「テッド・オコナーだよ」男は言った。

「いつからここで働いていますか、オコナーさん？」ルルデスは訊いた。

「ああ、そうさな、二種類の仕事をここでやって二十年ほどになるか。空軍を退役してここに来たんだ――あそこで二十五年過ごし、外国の土地にナパーム弾やクソを落とした。それからここに来て十年働き、引退し、一年後、引退するのが好きじゃないと気づいて復帰した。それが十二年まえだな。ここに日がな一日座っているのは退屈だと思うかもしれないが、シングルワイド・トレーラーハウス用の空調装置しかないダブルワイドのスペースで一夏過ごしてみろ、暑くてないかつ退屈なのがいいと思うようになる。まあ、そんなのどうでもいいか。あのセスナの話だったな」

「どれくらいまえからあのセスナがここにあるのかご存知ですか？」

「正直な話、あのセスナはおれよりまえから格納庫に入っていた。永年のあいだにしょっちゅう持ち主が替わっている。この二年ほどのオーナーはカレキシコにある会社の人間だ。少なくとも、下にいるベティは、格納庫の賃料と燃料の請求書はそこへ送っていると言っている」

「会社の名前はなんです？」

「ベティがその情報を教えてくれるはずだよ。彼女から聞いたんだが、思いだせない。シエロなんとかだったかな。スペイン語の名前で、おれはあまりスペイン語が得意じゃない」

「あの飛行機はまだスカイダイビングに利用されているんですか？」

「そうじゃないと願いたい。あの飛行機に乗っているのを見かけた連中は、生きて地上にたどり着けそうにない」

ボッシュは身をまえに乗りだして、窓の外を見た。オコナーが格納庫を視界におさめている事実にボッシュは気づいた。コンソールに置かれている双眼鏡を使えば、格納庫の大きな扉があいているときなら、内部をクローズアップした景色が見られるだろう。

「で、あの格納庫のなかで、なにがおこなわれているのか、あなたは見て知ってますね、オコナーさん？」ボッシュが訊いた。

「おおぜいの人間が出入りするのを見てる」オコナーは言った。「おおぜいの年寄りだ……おれみたいな」

「毎日？」

「ほぼ毎日。おれは週四日しかここに出勤していないが、出勤している毎日、あの飛行機が着陸するか離陸するか、ときには両方ともしているところを目にしている」

「あの飛行機の内部は、いまもスカイダイビング用の設備になっているかどうか知ってますか？」

「おれの知るかぎりじゃ、そのままだ」

「両方の側面に沿ってスカイダイビング用の長いベンチがある？」

「そのとおり」

「では、一度に何人を収容できるでしょう？」

「あの飛行機は、テール部分の長い、縦長の機種だ。もし乗せなければならないなら、十五人、ひょっとして二十人は乗せられるかな」

ボッシュはうなずいた。

「見たものについてあなたはいままでにだれかに報告した経験がありますか？」ルルデスが訊いた。

「なにを報告するんだ？」オコナーは言った。「飛行機に乗るのがどんな罪になるんだ？」

「きょう、あの飛行機の関係者は飛行計画を提出してますか？」

「連中は一度も飛行計画を提出しちゃいない。必要がない。VFRで飛んでいるかぎり、管制塔にチェックインする必要さえないんだ」

「VFR、それはなんです?」

「有視界飛行方式《ヴィジュアル・フライト・ルールズ》だ。ほら、おれはここにいて、レーダー情報を求める相手にそれを伝え、もし必要なら、計器飛行をしている機体に着陸あるいは離陸の指示をおこなっている。厄介なことに、あんたらは気づいているかもしれないが、ここはカリフォルニア州で、もし天候がよければ、VFRで飛行できる。そして民間飛行場ではパイロットに管制塔との連絡を求める連邦航空局のルールはないんだ。あのキャラバンをきょう飛ばしているやつか? あいつは、あることをおれに言ったんだが、それだけだ」

「パイロットはなんと言ったんですか?」

「東方向に離陸する位置取りをする、と言ってきた。で、おれは飛行場はあんたのものだ、と伝えた」

「それだけ?」

「それだけだ。ただし、あいつはロシア訛りで言ったけどな。きょうは西寄りの風が吹いているから、おれがだれかを着陸させようとしていたら、反対側から進むつもりだと知らせてきたんだろう」

「どうしてそれがロシア訛りだとわかるんですか？」

「たんにわかるからだ」

「なるほど。では、飛行計画がないというのは、そのパイロットがどこへいくか、あるいはいつ戻ってくるかに関する書類がないという意味ですね？」

「こんな飛行場であんな飛行機には必要とされていない」

オコナーはあたかも当該飛行機がそこに浮かんでいるかのように窓の外を指さした。ルルデスはボッシュを見た。彼女は空港にだれが出入りしているかに関するセキュリティと管理の欠如にひどく驚いていた。

「昼間に来てここがとても空いていると思うなら、ここを夜に調べてみるべきだぜ」オコナーが言った。「管制塔は午後八時に閉める。そのあとは無管制の飛行場になる。好きなように離着陸できる――実際にそうやってるしな」

「滑走路の照明は点けっぱなしにするんですか？」ボッシュが訊いた。

「いや、照明は無線で制御されている。飛行機を操縦している人間はだれでも照明のオンオフができるんだ。心配しなきゃならないのは、唯一、ドラッグレーサーだけだ」

「ドラッグレーサー？」

「あいつらは夜間にこっそり滑走路に侵入し、レースをするんだ。一ヵ月ほどまえ、ここに着陸しようとしていたやつがいて、照明を点灯させたが、あやうくドラッグレースの改造車の上に着陸するところだった」

無線の着信があり、話が中断され、オコナーはそれに対処しようと、コンソールに向かった。西から一機近づいてくる連絡のようにボッシュには聞こえた。オコナーはパイロットに、飛行場はあんたのものだ、と言った。ボッシュはルルデスを見た。彼女は目を丸くして、驚きの表情を浮かべ、ボッシュはうなずいた。ふたりのあいだで交わされたメッセージは明らかだった。

ここで聴取した内容が捜査になにか関係しているかどうか不明だったが、いましがた目にしたもの——数多くの男女がクリニックからまっすぐ飛行機に運ばれ、人数勘定もろくにおこなわれないまま飛び去っていく——のは、きわめて異例な活動であり、それが簡単にできる様子は驚きだった。

オコナーが立ち上がり、コンソールに身を乗りだして窓の外に目を凝らした。双眼鏡を手に取り、それを目に押し当てて、外を眺める。

「一機やってくるぞ」オコナーは言った。

ボッシュとルルデスは黙っていた。オコナーが進入機を観察し、着陸時に備えるのを邪魔していいのか、ボッシュはよくわからなかった。ほどなくすると、小型の単発機が西から飛行場に滑るように降りてくると無事着陸した。オコナーは、その飛行機のテールナンバーをクリップボードの記録ページに書きこむと、右側の壁に付いているフックにぶら下げた。そののちオコナーは刑事たちのほうに向き直った。

「ほかになにを話せばいい？」オコナーは訊いた。

ボッシュはクリップボードを指し示した。

「営業時間中に発生するすべての離陸と着陸を記録しているのですか？」ボッシュは訊いた。

「その必要はないんだがね」オコナーは答えた。「だけど、ああ、そうだ、記録している。職員がここにいるならば」

「見せてもらえます？」

「ああ、かまわんよ」

オコナーは壁からクリップボードを外してボッシュに手渡した。空港の出入りを記録しているページが数枚留められていた。もっとも頻繁に離陸と着陸を繰り返している航空機は、ボッシュがさきほど書き留めたテールナンバーを持っていた――あのスカイダイビング用飛行機だ。

ボッシュはクリップボードを返した。正規に捜索令状でそのクリップボードの提出を要求するつもりだった。

「滑走路と格納庫のなかに防犯カメラはありますか？」ボッシュは訊いた。

「ああ、カメラはある」オコナーは言った。

「どのくらいの期間、録画映像は保存されるんですか？」

「よくわからんな。一ヵ月じゃないか。ロス市警がドラッグレースの映像を見にここに来たけど、遡って見られたのは数週間分だったと聞いている」

ボッシュはうなずいた。必要であれば録画映像を見に戻ってこられるとわかったのは、いい情報だった。

「それでは、まとめますと」ルルデスが言った。「この空港は、そもそも、無制限に出入りできる。飛行計画は必要とされず、乗客リストや積み荷目録、その手のものは求められない」

「だいたいそのとおりだな」オコナーは言った。

「また、あの飛行機――グランド・キャラバン――がどこへ向かっているのか知る術《すべ》はない？」

「うーん、それは時と場合によるな。トランスポンダを起動させて飛行するのが決まりだ。もしそのルールに従っているなら、トランスポンダを起動させているはずで、そうすればある航空管制空域から別の航空管制空域に移動するのが記録されている」

「その記録はリアルタイムで手に入りますか？　たとえば、いますぐ？」

「いいや、当該飛行機から独自のトランスポンダ・コードを手に入れ、記録取得要請を出す必要があるだろう。一日かかるかもしれない。もっと長くかかるかもしれない」

ルルデスはボッシュを見た。ボッシュはうなずいた。それ以上訊きたい質問はボッシュにはなかった。

「ありがとうございます、オコナーさん」ルルデスは言った。「ご協力に感謝します。いまの会話をここだけのものにしていただけるなら、なおありがたく思います」

「かまわないよ」オコナーは言った。

ボッシュとルルデスは車に戻るまで、この一時間でつかんだものについて話し合うのを控えていた。

「なんてひどいの、ハリー」ルルデスが言った。「つまり、必要なときに運輸保安局はどこにいるの？　だれでもここで飛行機に乗り、好きなものをなんでも積み、ダウンタウンや貯水池やどこへでも飛んでいって得体の知れない行動を取れる」

「ゾッとするな」ボッシュは言った。

「たとえなんであろうと、この件をだれかに伝えなきゃならない。マスコミかなにかにリークするんだ」

「マスコミがこの件に押し寄せてくるまえに、おれたちの事件をどう解き明かせばいいのか確かめよう」

「了解。だけど、われわれの事件で言うなら、次はどこへいく？」

ボッシュは少し考えた。

「ダウンタウンのレーガンへいこう。きみが話をした医事当局の人間と話をしよう」

ルルデスはうなずき、エンジンをかけた。

「ジェリー・エドガー。ずっと昔にロス市警にいたと話してくれた」

ボッシュは驚いて首を一回振った。

「なに、知り合い？」ルルデスが訊いた。

「ああ、知ってる」ボッシュは言った。「ハリウッドでいっしょに働いていたんだ。ずっと昔に。引退したのは知っているが、ラスヴェガスで家を売っていると思ってた」

「まあ、彼はこっちへ戻ってるわ」ルルデスが言った。

11

カリフォルニア州医事当局は、ロス市警本部から三ブロック離れたスプリング・ストリートのロナルド・レーガン州オフィスビルのなかにオフィスを構えていた。パコイマから交通量の多い道路を四十五分かけて進む苦行だった。途中でルルデスはジェリー・エドガーに電話をかけ、彼に会いにパートナーといっしょに向かっていると伝えた。エドガーがためらい、出席予定の会議があり、別途時間を設定したいと言ったとき、ルルデスはパートナーがハリー・ボッシュだと明らかにし、エドガーは断れなくなった。スケジュールをあけておく、とエドガーは言った。

ふたりは有料駐車場に車を停め、エドガーは州のビルのロビーでふたりを待っていた。温かいがどこかぎこちない抱擁でボッシュを迎える。仕事の上あるいはそれ以外の場でふたりがいっしょにいたときからずいぶん歳月が経っていた。エドガーからやってきた最後のメッセージとして、ボッシュが思いだせるのは、ボッシュの別れた妻がずいぶんまえに亡くなった際の弔意を告げるものだった。そのあと、昔のパートナーが引退したのをボッシュは耳にしたが、引退記念パーティーの招待は届かなかった。実際にそのパーティーがひらかれたかどうか、ボッシュは知らなかったけれど。とはいえ、ふたりはハリウッド分署の殺人課に配属されていた当時、何件もの事件を解決した。いまはハリウッド分署には殺人担当部署はない。すべての殺人事件は、ウエスト方面隊の刑事たちか、本部強盗殺人課が扱っていた。物事は変わるのだ。

パートナー関係が本物かどうかを試す機会は、警察官緊急救援要請コールがあったときだと警官のあいだでは言われている。それに対する反応は、すべてを放りだし、アクセルを踏みこみ、サイレンを鳴らして、信号を無視し、救援を求めている警察官のもとに急ぐというものだ。真のパートナーは、猛スピードで車を走らせているあいだ、すべての交差点でたがいに片方の側の安全確認を受け持つ。運転手は左側を受け持ち、助手席に座っているほうは右側を担当する。赤信号で交差点を突っ切る際にそれぞれ「クリア！」と叫ぶのだ。自分のパートナーがたとえ大丈夫《クリア》と叫んだとしても、反対側を確認しないでいるには、とてつもない信頼を必要とする。真のパートナーとともにいれば、反対側を確認する必要がない。わかるだろ、信じていいんだというわけだ。ボッシュとエドガーがパートナーだったとき、ボッシュはいつも反対側をつい自分で確認してしまっていた。部外者が見たなら、それはふたりのあいだの人種的分断によって生じたものと思ったかもしれない。

エドガーは黒人で、ボッシュは白人だった。だが、おたがいにとって、それとは異なる別の要素、肌のずっと下にある要素が原因だった。それぞれの人間の仕事に対する見解の相違だった。警官が事件捜査の働きをするのと、事件が警官を働かせるのとの違いだった。

だが、そういうものはいずれも表面には浮上せず、ふたりの男はたがいにほほ笑みあい、おずおずと抱き合った。エドガーは頭を剃り上げており、ボッシュは事前に昔のパートナーだと知っていなかったら、見分けがついただろうか、と思った。

「最後に聞いたところでは、引退してヴェガスに引っ越し、不動産を売っているという話だったんだが」ボッシュは言った。

「いいや」エドガーは言った。「その商売は二年ほど続いたが、おれはこっちへ戻ってきた。だけど、そっちこそどうだ。けっして諦められないとは思っていたが、検事局かどこかに収まると思ってた。S・F・P・Dとはな。サンフェルナンドは、ミッション・シティと自称しているんだろ。ハリー・ボッシュにはうってつけの場所じゃないか」

ルルデスが笑みを浮かべたところ、エドガーは彼女を指さした。

「おれがなんの話をしているのかわかるんだな」ほほ笑みながらエドガーは言った。

「ハリーはつねに使命《ミッション》を追っている男だ」

ボッシュの凍りついた表情を見て、ふたりのあいだの中心的な相違を追究しすぎたのを悟り、エドガーは笑みを消し、話題を取りやめた。ふたりにあとについてくるよう合図して、エレベーター乗り場へいき、三人で狭苦しい籠に入った。

エドガーが四階のボタンを押した。

「ところで娘さんは元気にしているかい？」エドガーが訊いた。

「大学にいってる」ボッシュは答えた。「二年生だ」

「へー」エドガーは言った。「すごいな」

ボッシュはたんにうなずいた。狭いエレベーターで会話をするのを嫌っていた。

それにエドガーは一度もマディに会っていなかった。だから、いま無駄話をしているのが明白だった。エレベーターが上昇するあいだ、エドガーはほかになにも言わなかった。三人は四階で降り、エドガーはカードキーを使って、続き部屋になっているオフィスに入った。オフィスの壁には、「カリフォルニア州消費者問題局」の文字のまわりを七つの星が囲んでいる大きな政府章がかけられていた。

「手狭なわがオフィスはここだ」エドガーが言った。

「あなたは消費者問題局の職員なの？」ルルデスが訊いた。

「そのとおり、健康品質調査課所属だ。医事当局のための取り締まりを担当している」

エドガーは狭い個人用オフィスにふたりを案内した。物であふれている机と、来客用の椅子が二脚あった。みな腰を下ろすと、三人はさっそく用件に取りかかった。

「で、そっちが調べている今回の事件なんだが」エドガーは言った。「被害者のひとりがうちに送ってきた告発と関係があると考えているんだな？」

エドガーはルルデスを見ながらしゃべっていたが、ボッシュとルルデスはここに来る道中、この面談の主導権を握るのはボッシュのほうだと話し合って決めていた。最初にエドガーとコンタクトしたのはルルデスのほうだったが。ボッシュは過去にエドガーとパートナーを組んでいた歴史があり、この会話を自分たちの有利な方向に持っていくのにどうすればいいかよく心得ているはずだったからだ。

「まだ百パーセント確実じゃない」ボッシュは言った。「だが、そこへ近づいている。事件の様子はすべてビデオに録画されていて、それを見たわれわれの見立ては、強盗に見せかけた殺しだ、というものだ。発砲犯ふたり、覆面、手袋、すばやい出入り、薬莢をあとに残さなかった点。息子が標的であるとわれわれは見なし、それによって彼が送った告発にいきついた。彼はいい若者だった――前科はなく、ギャングとの関係もなく、薬学部を出たばかりの将来を嘱望されていた若者だ。彼と父親はなにかがもとで揉めており、それはあのクリニックで発行された処方箋の薬を出しているのに関係しているかもしれない」

「おやじが怪しい処方箋の薬を出して貯めた金でその子が薬学部に通っていただろうというのが悲しい皮肉だな」エドガーは言った。

「じつに悲しいな」ボッシュは言った。

「さて」エドガーは言った。「で、若者の告発はどうなったんだ？」

「ルルデス刑事に話したように、告発はおれのデスクに届いているが、まだそれに対する行動はとっていない。ルルデス刑事と電話で話したときに、告発状を引っ張りだしたんだが、送信され受信された日付から判断して、今回の件は五、六週間サクラメントで埃をかぶったままになってから、先方で見て、おれに送られてきたようだ。役所仕事だ――それがどういうものか知っているだろ、ハリー？」

「ああ」

「こうした犯罪の時効は三年なんだ。いずれ近いうちにおれはとりかかったはずだが、実際になにか行動を起こすまでに二ヵ月はかかっただろうというのが厳しい現実だ。未処理の案件が手に余るほど溜まっている」

エドガーは机の上や右側の棚に置かれたファイルの束を指し示した。

「この建物のなかにいるほかの職員と同様、おれたちは危機的なくらい人手不足なんだ。ロサンジェルス郡全部をカバーするためにこの課は六名の捜査官と二名の事務職員を定員にしているんだが、実際には捜査官四名と事務職員一名しかおらず、去年、うちの管轄地域にオレンジ郡の半分が加えられた。ひとつの案件でオレンジ郡に車で出かけて戻ってくるだけで、半日かかる」

エドガーは告発がまだ処理されていなかった理由をくだくだしく説明しようとしているようだったが、それは自分たちの以前の歴史のせいだとボッシュは悟った。ボッシュはパートナーとして非常に要求が多く、エドガーはつねにプレッシャーを感じて仕事をしていた。こんなにも歳月が経ったいまでも、エドガーはボッシュに対して、言い訳をし、自分の行為を正当化しようとしていた。その様子にボッシュは後悔を覚えると同時にもどかしさも覚えた。

「それは充分にわかっている」ボッシュは言った。「だれも充分な弾を持っていない——それがここの制度だ。われわれはある件について、いわばジャンプスタートをさせようとしている。なぜなら二重殺人が起こったからだ。薬剤師が告発をしたパコイマのクリニックに関して、どんな情報を持っているのか、教えてくれないか」

エドガーはうなずき、机の上にある薄いファイルをひらいた。そこにはメモが記された一枚の書類が入っていた。それを見てボッシュは、ルルデスが電話をして、ボッシュについて触れ、ふたりがダウンタウンに向かっていると伝えるまで、エドガーはこの件にろくすっぽ対応してこなかったのだろうという感触を覚えた。

「調べてみた」エドガーは言った。「そのクリニックは営業許可を得ており、パコイマ・ペイン＆緊急ケア・クリニックとして営業している。クリニックのオーナーである医師は、エフラム・ヘレラと登録されているが、その医師のＤＥＡ番号を調べてみたところ、この医者は――」

「麻薬取締局《ＤＥＡ》番号とはなんだ？」ボッシュは訊いた。

「すべての医師は処方箋を書くのにＤＥＡ番号を必要とするんだ。すべての薬剤師は、薬壜に薬剤を入れるまえに処方箋に記されているこの番号を確認する手順になっている。偽の番号や盗まれた番号で出された薬剤の乱用が山のように起こっている。ヘレラ医師の番号を確認したところ、二年間まったく処方箋を書いていなかったのに、去年、復活して、取り憑かれたように書きまくっている。週に数百の規模だ」

「錠剤数百個分か、処方箋数百枚か？」

「処方箋だ。錠剤にすれば数千個の単位の話だ」

「で、それからわかる内容はなんだ？」

「そのクリニックは処方箋工場《ピル・ミル》であるという事実を裏付けており、若い薬剤師の告発はドンピシャリだというわけだ」

「いま話してくれた内容の一部はすでにベラに話しているのを知っているが、もう少し教えてくれないか？　ピル・ミルはどうやっているんだ――どのように今回の件は動いている？」

　ボッシュがその質問をするとエドガーは力強くうなずいた。つねに自分を疑っていた男にそこそこの専門的経験を示す機会に飛びつく。

「ピル・ミルに関わっている人間は〝キャッパー〟と呼ばれている」エドガーは言った。「連中が采配を振っているんだが、システムを稼働させるには、節操のない医者と薬剤師のコンビが必要なんだ」

「キャッパーは医者あるいは薬剤師ではないんだ？」ボッシュは訊いた。

「ああ、キャッパーはボスだ。まず最初の手順として、クリニックを新しく開業するか、あるいは寂れた地域にある既存のクリニックに入っていくかのどちらかをおこなう。次にクズ医者のところにいく。医師免許取り消し直前の人間のところに。医療用マリファナ取り扱い機関で働いているおおぜいの医者が理想的な候補者だ。キャッパーがやってきて、こう言うんだ。『先生、うちのクリニックで午前中二日働いて、週五千ドル儲けたくありませんか？』その手の連中には大金で、彼らは契約を結ぶ」

「そして彼らは処方箋を書きはじめる」

「まさしく。キャッパーが午前中に受け子《シル》を並ばせる。受け子たちは医者から処方箋を書いてもらう——まともな診察はなく、診療行為はいっさいない——それから受け子たちはクリニックを出て、ヴァンに乗りこみ、キャッパーは錠剤を受け取らせに受け子たちを薬局へ送り届ける。通常、グルになっている薬局は複数ある。それによってひとつの薬局から受け取る錠剤の数を少なく限り、できるだけレーダーの下を潜ろうとしてるんだ。連中のおおぜいが複数の身分証明書を持っているので、一日二、三ヵ所まわってもコンピュータ上では異常が現れない。偽の身分証明書がいい加減なものでもかまわないんだ。薬剤師がグルだから。どんなものでもろくすっぽ見やしない」

「そして錠剤はキャッパーのところにいくのか？」

「まさにそのとおり。受け子の大半は、みずからも鎮痛剤中毒者なんだ。キャッパーは現場監督のようなもので、組織の上のほうにいるだれかの部下であり、だれにも錠剤を大量に服用させないよう気をつけなければならない。なので、キャッパーはヴァンから受け子を出さないようにし、薬局にいき、たぶん一度にふたりだけ入っていかせ、ヴァンに戻ってきたら即錠剤を回収する。キャッパーは受け子に、中毒状態をつづけさせ、働かせつづけられるよう、手に入れたもののなかから、受け子に必要な薬を渡すだろう。受け子をハイにして、動かしつづけるんだ。罠だ。受け子は入ってくるが、出られない」

ボッシュは、ルルデスとともに尾行した、老人たちの乗ったヴァンを運転していたやぎひげにサングラスの男を思い浮かべた。

「次になにが起こる？」ボッシュは訊いた。

「錠剤は売りさばかれる」エドガーが答える。「市中に出回り、中毒者の元へいく。このシステムが出来上がってから五万五千人が死んでいる。ヴェトナム戦争の戦死者とほぼ同数だ。そこは残念ながら定量化できる。だが、金に関しては、考えないでくれ。途方もない金額になる。この危機から金を稼ぎだしている人間がじつにおおぜいいるんだ――この国の成長産業さ。銀行とウォール街はでかくなりすぎて潰されないと言われていたのを覚えているだろ？　それと似たようなものだ。でかくなりすぎて、終わらせられないんだ」

「ダビデとゴリアテだな」ボッシュは言った。

「それよりひどい」エドガーが言った。「ある話をさせてくれ。おれはそれですべてを説明していると思う。知らないなら言っておくが、アヘン中毒はパイプを詰まらせるんだ。消化管を萎縮させる。要するにクソができなくなる。で、巨大製薬会社のひとつが、その症状を改善する処方薬の下剤を開発した。ただし、市販の下剤より約二十倍高い薬だ。次に起こったのは、いいか、その製薬会社の株の天井知らずの上昇だ。会社はその下剤を全米でTV広告を打ち、大量に販売している。もちろん中毒やそれに類する文言は一言も口にしていない。たんにどこぞの人間が芝生を刈っていると、ああ、ウンコができなくなり、かかりつけ医がその下剤を渡すところを見せているだけだ。で、いま、ウォール街が投資をし、全米のマスコミが広告を売っている。だれもが大金を稼いでいるんだ、ハリー。そういう事態が起こると、止められなくなる」

「ワシントンで事態を変えようとしていると思ってたけど」ルルデスが口をはさんだ。「ほら、新しい法律で、そういう事態に集中的に照準を定めて」

「そうはならんさ」エドガーが言った。「製薬会社は選挙資金の主要な献金者だ。だれも自分に餌をくれる相手の手を噛もうとはしないさ」

エドガーは自分の側での怠慢を正当化するため、全米規模での絵図を利用しているようだった。

ボッシュは当面、照準を小さな対象に定めておきたかった。小さくはじめて大きくするのがつねだ。

「で、パコイマのこの件に戻るが、キャッパーがヘレラ医師にたどり着いた。医師は処方箋ゼロから数百枚書くようになった」

「そのとおり。そして書かれた処方箋は、大量の薬を購入できるものなんだ。六十錠、ときには九十錠。さりげないなんてものじゃとうていない。ヘレラ医師の記録を引っ張ってみたところ、現在七十三歳だ。引退していたのを引っ張りだされたように見える。クリニックを再開させ、目のまえに処方箋記入台を置く。おそらくこの医者は呆けているんだろう。そういうのを何度も目にした。DEA番号と有効な医師免許をまだ持っているというだけで、どこかの耄碌医者を引退から復帰させるんだ。『一ヵ月二万ドル余計に稼ぎたくないですか?』とか、そんな誘い文句で」

ボッシュは口をつぐんで、聞いた情報をすべて消化しようとした。エドガーが促されたわけでもないのに話をつづけた。

「もうひとつ、そうした老いぼれ医者を使って、連中は、彼らの持つ古い医療記録を調べ、法的に有効な氏名を引っ張りだして、身分証明書やメディケア・カードの偽造もしているんだ。自分たちの名前がこのシステムのなかで利用されているなんて夢にも思わない現実の人間を利用している。その名前を使って出される最低限の保障関係の各種申請は法的に有効だと政府は考えている」

「それはひどい」ルルデスが言った。

「で、それに対して、ここの連中はなにをしているんだ？」ボッシュは訊いた。

「確認が取れれば、おれたちはその医者の営業をやめさせられる」エドガーは言った。「麻薬取締局《DEA》と協力して、DEA番号を取り消させ、それから医師免許を失効させる。だが、それには行政上の長い手続きが必要で、たいていの場合、キャッパーたちは次の獲物に乗り換えている。エフラム・ヘレラのような輩は貧乏くじを引かされるんだ。そうした医者になにか同情心を抱いているわけじゃないが、ここで出てくる本物の悪党は逃げを打つのが巧みだ。それがどんなに腹立たしいか、言わなくてもわかるだろ」

「よくわかる。錠剤の受け子たちだが、飛行機であちこち連れ回されているというのは聞いていないか？」

ボッシュはその質問をさりげなく訊ねたが、不意を突かれて、エドガーは口をつぐんだ。その逡巡に、ボッシュは、エスキベルの事件に通常ではないなにかがあるかもしれない、と読み取った。

「あんたがそこで見たのはそれか？」エドガーが訊いた。

「そのようなものだ」ボッシュは言った。「クリニックから一台のヴァンを追って、ホワイトマン空港にたどり着くと、数多くの人間が古いスカイダイビング用飛行機に乗せられた。飛行機は離陸して、南へ向かった。飛行計画は提出していなかった。管制塔で確かめてみた。そこの人間の話では、その飛行機は毎日出入りしているそうだ。クリニックは、空港と道路を一本はさんだ真向かいにある」

「ホワイトマンの燃料請求書はカレキシコにある会社へ送られています」ルルデスが付け加えた。

エドガーの顔に変化が表れたのをボッシュは見て取った。その目とひいでた眉に一段高くなった関心が窺えた。身を乗りだし、机に肘をつく。

「どうやらもう少し事情がはっきりしてきたようだ」エドガーは言った。

「どうしてそう思う？」ボッシュは訊いた。

「青年を殺すところまでの事情だ。この国の処方箋工場《ピル・ミル》商売で最大のやり手のひとつがロシア＝アルメニア系シンジケートだ。小規模な違法活動から得られる錠剤の大半は、連中のところにいき、彼らはシカゴやラスヴェガスなど、あらゆる犯罪多発地点に配給する」

ボッシュは横目でルルデスを見た。ホワイトマン管制塔のオコナーは、パイロットがロシア訛りで話していたと言った。ルルデスはアイコンタクトを返してから、まだしゃべっているエドガーに関心を戻した。

「おそらく、人を動かしつづけ、一日に複数のクリニックと薬局をまわるために飛行機を利用しているんだろう」エドガーは言った。「飛行機は錠剤を手に入れるための処方箋を書いてもらうため、受け子たちをぐるぐる巡回させるのに役立つ。さっきも言ったように、連中は複数の身分証明書を持ち、一日に三回から四回、薬局をまわっている。ここで話題になっているのは大金であり、大金は大きな危険を呼ぶんだ。今回の事件の若者は、堂々たる態度を取ろうと決心したとき、自分がなにを引き起こそうとしているのかわかっていなかった」

「たんにメッセージを送るため、彼を撃ったというのか？」ボッシュは訊いた。

「その可能性は高い。『おれの処方箋に薬を出すつもりがないのなら、だれの処方箋にも薬を出せないぞ』。そんなところか」

「そのシンジケートはどこに拠点を置いている？　ここか？」

「ＤＥＡと話をする必要があるぞ、ハリー。こいつはまったくレベルの異なる話だ――」

「おれはおまえと話をしているんだ、ジェリー。知っている情報を出せ」

「そんなに多くないんだ、ハリー。うちは医事当局の法執行取り締まりを扱っている。ここは組織犯罪対策部門じゃない。ＤＥＡのコンタクト相手を通して聞いた話だと、連中は砂漠を拠点にしているそうだ」

「どの砂漠だ？　ラスヴェガスか？」

「いや、南の国境とカレキシコに近づいたあたりだ。スラブ・シティやバンベイ・ビーチに近い――〝なにもない場所の南側〟と呼ばれている、所有者のいない土地だ。そこには航空会社や、空軍にも見捨てられたあらゆる種類の小さな飛行場がある。人を飛行機で移動させる際、連中が利用しているのがそこだ。なにもない辺鄙な場所のまんなかでジプシーのキャラバンやなにかのようにしている。いつでも動ける状態でいる。トラブルを感知すると、遊牧民のように移動するんだ」

「名前はわかっているのか？　だれがそのシンジケートを率いている？」

「ロシアのならず者やパイロットを使っているアルメニア人だ。メキシコ人に見えるからというのでサントスと名乗っているが、メキシコ人じゃない。おれが手に入れている情報はそれだけだ」

「そいつらの居場所とそいつらの犯罪行為を知っているのなら、なぜDEAはそこにいって、逮捕しないんだ？」

「それはDEAの問題だよ。おれもおなじ疑問を抱いている。たぶんサントスのせいじゃないかな。DEAはサントスを逮捕したいんだが、サントスは煙みたいなんだ」

「DEAの人間の名前を教えてくれ」

「チャーリー・ホーヴァンだ。アルメニア系麻薬密売人の専門家だ。家族がホヴァニアンとかそんな名前からアメリカ風に変えたんだと言っていた」

「チャーリー・ホーヴァンだな。ありがとう、ジェリー」

ボッシュはほかになにか質問があるかどうか確かめようと、ルルデスを見た。彼女は首を横に振った。出ていく用意ができていた。ボッシュは昔のパートナーに視線を戻した。

「じゃあ、それについては任せるよ」ボッシュは言った。「協力に感謝する」

ボッシュは立ち上がり、ルルデスがあとにつづいた。

「ハリー、サントスに関してある話がある」エドガーが言った。「真偽のほどはわからないが、知っといたほうがいいだろう」

「言ってくれ」

「DEAは受け子のひとりを寝返らせたんだ。そいつはオキシコドンの中毒者で、DEAがそいつに影響力を及ぼした。そいつはゲームをつづけたまま、麻薬取締官たちに情報を伝える手はずになっていた」

「なにがあった？」

「どういうわけかサントスはそれに気づくか、気配を感じ取ったんだ。ある日、その情報提供者はほかの受け子たちといっしょに飛行機に乗って、一日の仕事に出かけた。だが、飛行機が着陸したとき、もうそいつはいなくなっていた」

「放りだされたんだ」

エドガーはうなずいた。

「拠点の近くにソルトン湖があるんだ」エドガーは言った。「おそらく塩分の高い湖水が、死体をすばやく処理してしまったんだろう」

ボッシュはうなずいた。

「われわれがだれを相手にするのかわかってよかった」ボッシュは言った。

「ああ、あんたらふたりはそこじゃ気をつけるんだぞ」エドガーは付け加えた。

12

レーガン・ビルでの面談を終えて、ボッシュとルルデスは遅い昼食をとるべくメイン・ストリートの〈ニッケル・ダイナー〉に歩いて向かった。ボッシュはロス市警に勤めて、ダウンタウンで働いていたころ、このレストランの常連だったが、市警を辞めてからは一度も訪れていなかった。店の共同経営者であるモニカが温かくボッシュを迎えてくれ、ボッシュがいつもBLTサンドイッチを頼んでいたのをまだ覚えていてくれた。

ボッシュとルルデスはエドガーから手に入れた情報について話し合い、その際に知ったDEAの捜査官に連絡を取るべきかどうか議論した。

最終的に今回の事件をより深く把握し、〈ラ・ファルマシア・ファミリア〉とパコイマのクリニック周辺の活動についてもっと情報をつかむまで待とうと判断した。クリニックに関するホセ・エスキベル・ジュニアの告発以外、両者をつなぐ材料をまだ手に入れていなかった。

ヴァレーに戻っていく車中で、ルルデスはシストからの電話を受けた。シストは薬局の防犯カメラ映像に目を通しているなかで、チーム全員に見てもらいたいものを、二、三見つけたと告げた。ルルデスは、会議を作戦司令室でひらくように設定してちょうだい、四時までには戻るから、とシストに伝えた。

渋滞がはじまりかけているなかを車がゆっくり進んでいると、疲労がボッシュに押し寄せてきた。助手席側の窓に頭をもたれるというミスを犯し、すぐに意識を失った。半時間後、ポケットのなかで携帯電話が鳴って、起こされた。

「クソ」ボッシュは毒づきながら、携帯電話をほじりだした。「いびきをかいていたかい？」

「ちょっと」ルルデスが答えた。

ボッシュは携帯電話が留守録サービスに移行するまえに電話に出た。眠っていたのでまだボーッとしながら電話に向かって自分の名前をモゴモゴと口にした。

「はい、こちらはサンクエンティン捜査サービス班のジェリコ巡査であります。ボッシュ刑事ですね？」

「ああ、ボッシュだ。わたしだ」

「メネンデス警部補から、被収容者調査を扱うよう命じられており、その結果をお伝えします。被収容者はプレストン・ウルリッチ・ボーダーズです」

「わかった、なにが手に入った？」

ボッシュはポケットに手を伸ばし、手帳とペンを取りだした。首を傾げて耳と肩で携帯電話を挟むとメモを取る用意をした。

「たいしたものはありません」ジェリコは言った。「ボーダーズに面会が認められた人間はひとりだけで、彼の弁護士です。弁護士の名前はランス・クローニンです」

「なるほど」ボッシュは言った。「来訪記録として面会者が自分の名前を記入する紙はあるのかい？　かつては面会を認められた人間の記録が？」

「その情報はコンピュータから取りだしたものです。うちには、面会者が名前を記入する紙はありません」

「わかった、その弁護士の来訪記録はあるかい？」

「あります。クローニンは去年一月に承認面会者の立場を認められています。それ以来、毎月第一木曜日に定期的に訪れています。ただし、去年の十二月は来ていません」

「かなり面会に来ているじゃないか。つまり、これまで十四、五回来た勘定になる」

「どれほど面会すればかなり多いとみなされるのか、わたしにはわかりません。死刑囚房に収監されている連中は、司法関係者の関心を数多く集めています」

「なるほど、郵便物はどうだい？　警部補はボーダーズに届く郵便物がどうなっているのか調べるようきみに頼んだだろうか？」

「はい、頼まれました。調べてみたところ、ボーダーズ被収容者は、一日に三通郵便物を受け取っており、いずれも検閲を通っています。手紙が内容上ポルノ的なものであるか、ポルノそのものであるという理由で没収されたことがあります。それ以外はとくになにも変わったところはありません」

「だれが郵便物をボーダーズに送ったのかわかるような受け取り記録のたぐいはつけているだろうか？」

「いいえ、そういう記録はしていません」

ボッシュは一瞬考えた。メネンデスに依頼した件は、成果なく終わりそうだ。ウインドシールドごしにフリーウェイの標識を見、サンフェルナンドまでのほぼ全行程を寝てしまったのに気づいた。あと五分でマクレー・ストリートに着きそうだった。

ジェリコに一か八かで最後に問いかけた。

「コンピュータを見ていると言っただろ？」ボッシュは訊いた。

「はい」ジェリコが答える。

「州矯正局のシステム上であればどこにいる被収容者でも調べられるかい、それともサンクエンティンだけか？」

「ここにあるのはシステム全般のデータベースです」

「いいぞ。わたしのために別の被収容者を調べてもらえるだろうか？　そいつの名前は──」

「メネンデス警部補からは、複数の被収容者を調べろとは言われていません」

「わかった、きみが警部補に訊ねているあいだ、わたしはこのまま待てる」

沈黙が降り、ジェリコは別の名前を調べてかまわないのか、と自分は警部補に訊きたいのか、と自問自答していた。

「どんな名前です？」ようやくジェリコは訊いた。

「ルーカス・ジョン・オルマー。たぶん、死亡受刑者としてリストアップされていると思う」

ジェリコはオルマーのフルネームのスペルをボッシュに問いかけ、ボッシュはジェリコが名前を入力している音を耳にした。

「はい、死亡しています」ジェリコは言った。「二〇一五年十一月九日死亡」

「オーケイ」ボッシュは言った。「そのファイルには承認された面会者のリストはまだ残っているかい？」

「ちょっとお待ちを」

ボッシュは待った。

「はい」ジェリコがようやく答えた。「承認された五人の面会者がいました」

「その五人の名前を教えてくれ」ボッシュは頼んだ。

ボッシュはジェリコが読み上げる名前を自分の手帳に書き取った。

キャロリン・オルマー
ペイトン・フォルニア
ウィルマ・ロンバード
ランス・クローニン
ヴィクトリア・レンプル

ボッシュはそのリストをまじまじと見つめた。ひとりは明らかに家族の一員だ。ほかの女性陣は、たぶん、刑務所グルーピーだろう。危険が檻のなかに閉じこめられている限り、危険な男に惹かれる女性たちだ。クローニンの名前だけが重要だった。目下プレストン・ボーダーズの代理人を務めている弁護士は、ボーダーズが死刑囚房に拘束されている原因となった殺人事件のじつは真犯人であるらしいとされている、もう死んでしまった被収容者の代理人をもともと務めていた。

「どうしてわかったんですか？」ジェリコが訊いた。

「わかったってなにが？」ボッシュは訊き返した。

「この弁護士が両方の面会者リストに載っているというのを」

「いまになるまで知らなかったんだ」

だが、それは明らかに調べるべきものであり、ボッシュはソトとタプスコットもそのつながりに気づいていなければならないとわかった。それでも、ボーダーズがダニエル・スカイラーの死に関して無実であるという結論を妨げはしなかった。

捜査関係ファイルに戻り、その後半部分に――最近の捜査に――目を通さねばならない、とボッシュはわかった。時間をとってくれてありがとうとジェリコに礼を言い、メネンデス警部補に感謝を伝えてくれるよう頼んだ。ボッシュは携帯電話と手帳を仕舞った。

「ハリー、なにが起こっているの？」ルルデスは訊いた。

「個人的な件だ」ボッシュは言った。「われわれの事件には関係ない」

「そのせいで夜遅くまで起きていて、車のなかで眠ってしまったのかしら」

「おれは年寄りなんだ。年寄りはうたた寝をするもんだ」

「冗談を言ってるんじゃないわ。この件に集中してもらわないと」

「心配するな。二度と起こらん。ちゃんと集中しているさ」

ふたりはサンフェルナンド市警までの残りの道のりを黙って過ごした。通用口から刑事部に入ると、すぐに作戦司令室に向かい、そこにはシストとルゾーンとトレヴィーノが待っていた。

「なにを手に入れたの？」ルルデスが訊いた。

「見てくれ」シストが答える。

シストはひとつの画面を操作するリモコンを持っていた。〈ラ・ファルマシア・ファミリア〉の処方カウンターの上に設置された防犯カメラの一時停止映像がそこに映っていた。シストが再生ボタンを押した。ボッシュはまず日時を示すタイムスタンプに目を留めた。映像は殺人事件が起こる十三日まえに記録されたものだった。

全員が半円を描くように画面のまえに立って見た。画面上では、ホセ・エスキベル・シニアがカウンターの奥に立ち、コンピュータ・キーボードに指を添えていた。

ひとりの客がカウンターの向かい側に立っていた。赤ん坊を抱えた若い女性だった。カウンターの上には白い処方薬袋が載っている。

その客とのやりとりがおこなわれているあいだにひとりの男が正面のドアを通って、店に入ってきた。黒いゴルフシャツを着て、サングラスをかけ、やぎひげを生やしていた。ボッシュはすぐにその男が、けさパコイマのクリニックからホワイトマン空港へヴァンを運転していた人物であると認識した。キャッパーだ。男は二本の通路に沿って進み、なにかを探しているかのように棚を漫然と調べていた。

だが、男が待っているのは明らかだった。

エスキベル・シニアはコンピュータ上の作業を終え、保険証と思しきものを赤ん坊を抱いた女性に返した。それから処方薬袋を女性に手渡し、やりとりを終えるとうなずいた。女性客は踵を返し、店を出ていった。すると、黒いシャツの男がカウンターに歩み寄った。

店内にホセ・ジュニアの姿はなかった。再生映像には音声は入っていなかったが、ボディーランゲージと手の仕草から、黒い服の男が怒っており、エスキベル・シニアに向かっていこうとしたのは明白だった。薬剤師はカウンターから一歩退き、自分と怒っている来訪者とのあいだに若干の距離を置いた。まず来訪者は〝もうひとつだけ言っておく〟あるいは〝最後にもう一度〟と言っているかのように指を一本掲げた。そののち、エスキベルの胸にその指を向け、カウンターに身を乗りだして、その指で相手を突こうとした。

そのとき、エスキベル・シニアはどうやらミスを犯したようだった。身を守ろうとして両手を掲げる仕草をして、なにかを話しだした。言い争いをはじめたようで、口で押し返そうとしていた。いきなり来訪者の腕がまえに突きだされ、エスキベルの白衣の胸倉をつかんだ。男は薬剤師を勢いよく引き寄せ、薬剤師の体半分がカウンターに乗り上げそうになった。それから自分の顔を相手に突きつけた。ふたりの鼻と鼻は十センチも離れていなかった。エスキベルは爪先立ち、ふとももがカウンターの縁に押しつけられた。エスキベルは本能的に両手を掲げて、改悛の情を示し、抵抗をやめた。来訪者はその不安定な姿勢を相手に取らせたまま、話しつづけた。憤怒のあまり、頭を勢いよく振りながら。

そして、シストが全員に見せたがっていた瞬間が訪れた。来訪者は左手を掲げ、銃の形を作り、人指し指を前に向けて、親指を上にあげた。男はその指をエスキベルのこめかみに押し当て、頭を撃つまねをした。発砲の反動で手が跳ね返るまねすらした。そののち、男は薬剤師をカウンターの向こうに押し戻し、つかんでいるのをやめた。それ以上なにも言わずに男は踵を返し、正面ドアから薬局を出ていった。ホセ・シニアはすっかり打ちひしがれていたが、冷静になろうとしていた。

シストはリモコンを掲げて、再生を止めようとした。

「待った」ボッシュが言った。「このまま彼を見ていよう」

画面上では薬剤師がカウンターの向こうでしばらくうろうろしていた。両手で顔をゴシゴシこすり、天に導きを求めるかのように上を見た。上方から見下ろすカメラが捉えたその表情は明白だった。ホセ・エスキベル・シニアは、とほうもない重荷を背負った男のようだった。すると彼はカウンターの縁に両手を置いて、しゃがみこんだ。

彼の表情とボディーランゲージが、〝わたしはどうすればいいんだろう？〟とハッキリ物語っていた。

ようやく立ち上がると、エスキベルはカウンターのひきだしをあけた。煙草のパックと使い捨てライターを取りだす。スイングドアを押して、奥の廊下に向かい、画面から消えた。おそらく煙草を吸い、神経を宥めるため裏の路地に向かったのだろう。

「オーケイ」シストが言った。「次にこれを見て下さい」

シストはビデオ映像を二十秒間かけて早送りしてから、通常再生に戻した。ボッシュがタイムカウンターをチェックしていると、シストが説明した。

「これはおなじ日の二時間後です」若い刑事は言った。「息子が入ってくるところを見て下さい」

映像ではホセ・シニアが薬局のカウンターの奥に立ち、コンピュータの画面を見ていた。息子が正面ドアから店に入ってきて、薬局のカウンターの奥へ向かった。息子がフックにかかっていた薬剤師のコートを外すと、ホセ・シニアは画面から顔を起こし、息子が振り返るのを待った。

つづいて言い争いが父と息子のあいだで起こり、父親は懇願するような仕草を見せた――まるで祈りを捧げているかのように両手を組み合わせる――息子は顔を背けた。首を振りすらした。彼が袖を通したばかりのコート――十三日後にそれを着たまま殺される羽目になる――を脱いで、放り投げ、店から勢いよく出ていって諍いは終わった。またしても父親はカウンターに寄りかかり、両手で体を支えて、ガックリと頭を振った。

「こうなるのをわかっていたんだな」ルゾーンが言った。

全員大きなテーブルのまわりに腰を下ろし、いま見たものとそれが意味するものについて話し合う態勢になった。ルルデスはボッシュを見、ふたりはうなずき合った。

自分たちが大筋でおなじ意見であるという認識を声に出さずに伝え合っていた。

「黒シャツとサングラスの男が何者なのか、わたしたちにはわかっています」ルルデスが口火を切った。

「だれだ？」トレヴィーノが訊ねる。

「キャッパーと呼ばれている人間です。処方箋工場《ピル・ミル》として違法行為に関わっているクリニックのために働いています。わたしたちはきょう、あの男が何人もの人間を車で連れ回しているのを見ました。その人たちというのは、違法に作成された処方箋をエスキベル一家の店のような薬局に持っていき、処方薬を手に入れているんです。父親が首までどっぷりと一連の行為に浸かっており、息子はたぶんそこから自分たちを抜けださせようとしていたんだというのがわたしたちの見立てです」

トレヴィーノは低い口笛を鳴らし、ルルデスに詳しく話すように告げた。

ボッシュがときどき補いながら、ルルデスは、日中の自分たちの捜査活動についてチームの面々に最新情報を伝えた。ホワイトマン空港の件と、ダウンタウンのレーガン・ビルにエドガーを訪ねた件も含めた。トレヴィーノとシストとルゾーンは、ほとんど質問をはさまず、ルルデスとボッシュが事件に関してもたらした進展に深く感銘している様子だった。

会議の途中でバルデス本部長が作戦司令室に入ってきて、椅子を引き、テーブルの端に腰を下ろした。トレヴィーノは、ボッシュとルルデスに最初から説明し直させましょうか、と本部長に訊ねたが、バルデスは、最新情報をいくぶんなりともつかもうとしているだけだ、とためらいがちに申し出を断った。

ルルデスが報告を終えると、ボッシュはシストに、キャッパーの静止画像を、薬局にやってきた殺し屋たちの静止画像の隣の画面に出せるか、と訊いた。その作業をシストが完了させるのに数分かかり、全員が画面のまえに立って、ホセ・エスキベル・シニアを脅した男と、彼と息子を殺したふたりの男を見比べた。体の大きさに基づく結論は、満場一致だった――殺し屋たちのどちらもホセ・シニアを脅した男ではなかった。それに付け加えて、ルルデスは、キャッパーがホセ・シニアを撃つまねをするため左手を用い、ふたりの銃撃犯は右手で武器を構えていた点を指摘した。

「で」トレヴィーノが言った。「次はどうする?」

ボッシュはうしろに控え、ルルデスに主導権を握らせようとしたが、彼女はためらった。

「捜索令状だ」ボッシュは言った。

「なんのために?」トレヴィーノが訊く。

ボッシュは画面上の黒い服の男を指さした。

「この男がエスキベルを殺すと脅し、こっちのふたりが実際にその仕事をやるため連れてこられた、というのがわたしの見立てです」ボッシュはそう言ってから、二番目の画面を指さした。「聞こえてきたところでは、この組織はここから南で活動しており、人々を動かすのに飛行機を使っているそうです。われわれの銃撃事件からおそらく二十四時間遡ってホワイトマン空港のビデオを見るための捜索令状を手に入れる必要があるでしょう。銃撃犯たちが飛行機で連れてこられたかどうか確かめるんです」

本部長がうなずき、それを見て、トレヴィーノがあとにつづいた。

「わたしが令状の申請を書きます」ルルデスが言った。「今夜、オコナーが帰るまえに空港へ令状を持っていけるでしょう」

「わかった」ボッシュが言った。「その間、おれはDEAにいるエドガーの伝手と接触を試みよう。ひょっとしたら彼らはうちの銃撃犯に関する情報をすでに持っているかもしれない」

「この件でDEAを信用できるのか？」バルデスが訊いた。

「医事当局の人間はたまたまわたしの元パートナーなんです」ボッシュは言った。

「その男がDEAの人間を保証したので、大丈夫でしょう」

「けっこうだ」本部長は言った。「じゃあ、やろうじゃないか」

会議が終わったあと、ボッシュは旧刑務所にある自分の机に向かうまえに駐車場に歩いていった。車からスカイラー事件のファイルのコピーをつかみ、それを持って通りを横断した。そっちの作業に戻る頃合いだった。

13

予想したとおり、ＤＥＡ捜査官チャーリー・ホーヴァンへボッシュがかけた電話は受け付けられなかった。多年にわたるボッシュの経験から、ＤＥＡ捜査官は連邦法執行官のなかで毛色がちがう存在だった。仕事の性質上、彼らはほかの法執行機関の人間から疑いをもって扱われる場合が往々にしてあった――バルデス本部長がさきほどその態度を示したように。奇妙でいわれのないものだった――すべての法執行機関職員が犯罪者と対峙しているというのに。だが、麻薬取締官には聖痕があった。まるで彼らが闘っている特異な犯罪の天罰が彼らに下るかのように。犬といっしょに横になっていれば、蚤がうつる。多くの麻薬捜査で潜入捜査や覆面捜査が必要であるという事実に根ざした可能性が高い現象だった。そうした聖痕は捜査官を偏執的にし、孤立させ、他人と電話で話す行為に興味を持てなくさせた。たとえ電話相手が法執行機関の職員であり、みな社会を守るおなじチームの一員だと言えるにもかかわらず。

捜査官側に切迫した必要性でもないかぎり、ホーヴァンから折り返しの連絡があるとはボッシュには思えなかった。ボッシュは、捜査官のボイスメールに残した短い文言で、その必要性を伝えようとした。

「こちらはサンフェルナンド市警のボッシュ刑事です。サントスと自称し、当地の小飛行場を離着陸に使用して飛行機を飛ばしているある人物に関する情報を探していますす。当地では、サントスのためにオピオイドの処方箋に薬を出している薬局で、二重殺人が起こったところなんです」

ボッシュは自分の携帯番号を伝えてから電話を切った。一日か二日したらジェリー・エドガーに連絡を入れ、かんたんな会話をするためホーヴァン捜査官にこちらの人となりを保証してくれるよう頼む羽目に陥るだろう、とボッシュは覚悟していた。ホワイトマン空港のビデオ・アーカイブに対する捜索令状をルルデスが書き上げ、上級裁判所判事に電話で承認を得るのに二時間はかかるだろう、とボッシュはわかっていた。ルルデスが判事をつかまえられなければさらに時間がかかるだろう——裁判所はもう閉まろうとしており、たいていの裁判官はもうすぐ車に乗って、自宅へ向かう。ボッシュの計画では、時間を見つけて、スカイラー捜査をさらに深く掘っていくつもりだった。当面の優先課題は二重殺人であるのだが、ボッシュはスカイラー事件と、それがおのれの公人としての名声と個人的な自尊心にもたらす脅威について考えずにはおられなかった。仕事のなかで、ボッシュは何百人もの殺人犯を追及し、刑務所に放りこんできた。もし一件でも間違っていれば、ほかのすべての件に疑いが生じるだろう。

そうなればボッシュは流れに身を任せるしかなくなるだろう。

まずボッシュはエスメレルダ・タバレスの事件関係のファイル・ボックスをかたわらにどかさねばならなかった。ひとつの箱を持ち上げて、別の箱の上に重ねようとしたとき、一枚の写真が間に合わせの机の上に落ちた。それは箱の底の継ぎ目に空いた隙間からすり抜けて、落ちたものだった。ボッシュはその写真を手に取り、じっと眺めた。以前に見た写真ではない、と悟る。写真は、母親が失踪したとき、ベビーベッドに置き去りにされていた女の赤ん坊のそれだった。ボッシュは、その赤ん坊がいまでは十五歳か十六歳になっているだろうとわかっていた。正確な年齢を知ろうとしたら、正確な生年月日を手に入れて、それに基づく計算をしなければならないが。

母親が行方不明になってから一年後、父親は自分では娘を育てられないと決断した。娘を郡の里親養護プログラムに引き渡し、彼女は養女に迎えてくれた家族に育てられ、最終的にロサンジェルスからモロベイに引っ越した。その写真を目にすると、ボッシュは、モロベイに出かけて、エスメレルダの娘を捜し、母親に関する話をしてみようとずいぶんまえに計画していたのを思いだした。娘が実母と実父に関して、少しでも記憶が残っていれば、とボッシュは考えていたのだ。だが、それは成果が出る見込みの薄い試みであり、結局、モロベイには出かけていなかった。ボッシュは箱の中身の上にその写真を置き、次にこの事件について調べる際のきっかけとして役立てようと思った。

ボッシュはスカイラー事件のファイルをふたつに分け、元の捜査のコピーの束をかたわらにどけた。そののち、ソトとタプスコットが事件再捜査の担当に任命されてから付けつづけている時系列記録に目を通しはじめた。

スカイラー事件の見直しは、関係するふたりの性犯罪者のあいだにいた男が、七ヵ月まえに有罪整合性課《CIU》へ送った手紙からはじまったのが、すぐに明らかになった。ランス・クローニン弁護士だ。ボッシュは時系列記録を横に置き、当該書類が見つかるまで、束のなかを探った。手紙はクローニンのレターヘッド付き便箋に書かれていた。ヴァンナイズのヴィクトリー大通りにある事務所の住所が記されているものだった。手紙の宛先は、ケネディの上司であり、ＣＩＵのトップであるアベル・コーンブルーム検事補だった。

コーンブルーム殿、

本日、本状を差し上げますのは、貴殿が宣誓した通りに任務を遂行し、三十年間、われわれの街と州を苦しめてきた恐るべき間違いと誤審を正すよう願ってであります。ある意味、私が増殖させ、引き延ばすのに手を貸してしまった間違いでもあります。それを正常な状態に復旧させるのに貴殿の協力を必要としております。

私は目下、プレストン・ボーダーズの代理人を務めております。ボーダーズは一九八八年からサンクエンティン州刑務所の死刑囚房に収容されている人物です。私が彼の代理人になったのはごく最近であり、率直に申し上げて、依頼人になってほしいと私が彼に頼みこみました。別件の弁護士依頼人間秘匿特権によって、いまになるまで私は名乗り出られませんでした。すなわち、二〇一五年に依頼人が亡くなるまで、私はルーカス・ジョン・オルマーの代理人でした。オルマーは、二〇〇六年に複数の性的暴行と誘拐の罪で有罪判決を受け、百年以上の服役を科せられました。コルコランのカリフォルニア州刑務所で癌により亡くなるまで、その刑期を務めておりました。

二〇一三年七月十二日、私はコルコラン刑務所にて、オルマー氏と面会し、有罪判決に対する上告の可能性を探るべく話し合いました。その弁護士依頼人間秘匿特権で守られている会話のなかで、オルマー氏は、自分は一九八七年に発生した若い女性の殺人事件の犯人であり、別の人間が誤ってその犯行で有罪とされ、死刑判決を受けたと、私に打ち明けました。オルマー氏は被害者の名前を明かしませんでしたが、その犯行はトルカ・レイクにある被害者の自宅で発生したと言いました。

ご理解いただけると思いますが、これは弁護士と依頼人のあいだでの守秘義務で守られた会話でした。私はこの情報を明らかにはできませんでした。なぜなら、明らかにすれば、自身の依頼人を死刑につながる有罪判決のリスクにさらしてしまうからです。

弁護士依頼人間の秘匿特権は死後も継続されます。ですが、その義務を定めるルールには例外が存在します――もし守られている意思疎通内容を明らかにすれば、継続している過ちを正すか、無実の人物が重傷を負ったり死亡したりするのを防ぐのに役立つ場合です。そしてまさにそれが私のいまやろうとしているものなのです。私が雇っている調査員であるチャールズ・ガストンが、オルマーから私に打ち明けられた事実をもとにこの件を調べました。ガストンの調査で、ダニエル・スカイラーという名の若い女性が、一九八七年十月二十二日にトルカ・レイクの自宅で、性的暴行を受け、殺され、のちにプレストン・ボーダーズがロサンジェルス上級裁判所での裁判ののち、死刑を宣告されたのが突き止められました。

　その後、私はサンクエンティンに出かけ、ボーダーズと面会し、彼は私を弁護士として指名しました。その立場から、私は、ダニエル・スカイラー殺人事件を有罪整合性課にて見直し、地区検事局にこの間違いを正すよう要求致します。プレストン・ボーダーズは、事実に基づいて無実であり、国家が認める殺人がいつわが身に降りかかってくるかわからない恐怖の下、人生の半分以上刑務所で過ごしてまいりました。この誤審は救済されなければなりません。

　本要請は、ボーダーズ氏に利用可能な数多くの選択肢の第一弾であります。私はあらゆる手を尽くして状況の改善を模索してまいる所存であり、まず貴殿からはじめたく存じます。貴殿の優先的な回答を期待します。

弁護士　ランス・クローニン

　ボッシュはその手紙を二度読んでから、すばやくコーンブルームからクローニンに宛てられた受領状にざっと目を通した。受領状の内容は、クローニンの要請が最優先で処理され、ＣＩＵが本件を見直し、調べるまで、ほかの行動を取らないよう頼むというものだった。コーンブルームは本件がマスコミに漏れたり、全米一誤審を覆した実績を誇る非営利法律団体であるイノセンス・プロジェクトに委ねられたりするのを望んでいないのが明らかだった。地区検事局が高らかに宣伝しまくった課ではなく、外部団体の仕事が無実の証明につながったとしたら、政治的失態になってしまうだろう。

ボッシュは時系列記録に戻った。クローニンの手紙がボールを転がしはじめたのは明白だった。ソトとタプスコットは、過去のファイルを引きだし、資料保管課へ出かけ、そこで事件の証拠保管箱が発見されて、カメラのまえで開封された。ラボが箱の中身を調べて、新たなあるいは見過ごされていた証拠を探す一方、ふたりの刑事は事件の見直しと再捜査にとりかかった——今回は、重要参考人として別の容疑者がいた。

ボッシュはそれが殺人事件を調べるのに正しい方法ではないとわかっていた。容疑者を捜す代わりにすでに身柄を拘束している容疑者を調べるのだ。それは可能性を狭くする行為だ。ルーカス・ジョン・オルマーという名前で調べれば、そこにこだわってしまう。スカイラー殺害事件の時期にオルマーがロサンジェルスにいたのを確認したふたりの刑事の努力は、決定的なものとは言えなかった。オルマーが取り付け作業員として働いていたビルボード会社での雇用記録を刑事たちは発見したが、それによればオルマーは当時ロスにいたように思われたが、それ以外に彼の居住記録あるいは、彼の所在を証言できる生きた証人という点については、ほとんど証拠がなかった。事件の再捜査をさらに進めるに足るものはほぼ見つからなかったが、そこへ被害者の着衣に少量の精液が見つかったと、ラボからの報告が入った。その素材は、こんにちのDNA証拠プロトコルの下、保存されたものではなかったが、当該着衣は封印された紙袋に入っていたせいで、きわめて良好な状態に保存されており、オルマーおよびボーダーズの検体と比較可能だった。

オルマーのDNAはすでに州の犯罪人データバンクに入っていた。裁判で七人の異なる女性へのレイプとオルマーを結びつけるものとして利用された。だが、遺伝物質はボーダーズからは採取されていなかった。彼が有罪判決を受け、死刑を宣告されたのは、法廷と法執行機関によるDNAの利用がカリフォルニア州で認可される一年まえだったからだ。タプスコットは、サンクエンティンにいくため、サンフランシスコへ飛び、ボーダーズのサンプルを採取した。そののち、独立ラボで分析され、ダニエル・スカイラーのパジャマから採取された証拠と、オルマーおよびボーダーズのサンプルとが比較された。

三週間後、ついにラボは被害者の着衣に付着していたDNAは、オルマーのものであり、ボーダーズのものではない、という報告を出した。

時系列記録のなかでその記述を読んだ際、冷たい汗が噴きだしてくるのをボッシュは感じた。これまで裁判に連れだし、刑務所に送りこんできたほかの殺人犯と同様、ボーダーズの有罪をボッシュは確信していた。ところが、ここにきて、科学が、ボッシュは間違えていたと言っているのだ。

すると、ボッシュはタツノオトシゴを思いだした。あのタツノオトシゴのペンダントが、こうしたものすべてが嘘だと告げていた。

ダニエル・スカイラーのお気に入りのジュエリーは、ボーダーズが住んでいたアパートの隠し場所で発見された。DNAはそれを説明できない。ボーダーズとオルマーが知り合いで、犯行をふたりでおこなったというのなら可能性があるかもしれないが、タツノオトシゴのペンダントを所持していた事実がボーダーズの有罪を大きく後押ししていた。裁判でボーダーズは、スカイラーのタツノオトシゴのペンダントの同一品をサンタモニカ埠頭で購入したと証言した。自分もそれが欲しくなったからだという理由で。

陪審員はその話を信じなかった。ソトとタプスコットもいま、その話を信じてしまうべきではなかった。

ボッシュは時系列記録に戻り、なぜ彼らが信じたのかすぐに突き止めた。ＤＮＡが一致した鑑定結果が戻ってきたあと、捜査員たちはペアでサンクエンティンに戻り、ボーダーズを聴取した。その聴取を文字起こしした記録の完全版は、書類のなかにあったが、時系列記録にはタツノオトシゴのペンダントに関する議論が起こった特定の箇所が記されていた。

タプスコット　タツノオトシゴのペンダントについて話してくれ。
ボーダーズ　あのタツノオトシゴは大きないまいましいミスだった。あのクソッタレなタツノオトシゴのせいで、おれはここにいる。
タプスコット　〝ミス〟とはどういう意味だ？
ボーダーズ　おれには最高の弁護士がついていなかったんだ、いいかい？　おれの担当弁護士はタツノオトシゴについてのおれの説明が気に入らなかった。その説明は陪審に受け入れてもらえないだろう、とそいつは言った。それでおれたちは、法廷で、陪審員のだれも信じない馬鹿げた作り話を売りこもうとした。
タプスコット　では、気に入ったのでサンタモニカ埠頭でおなじタツノオトシゴのペンダントを買ったというあなたの話は、陪審に話した嘘というのか？

ボーダーズ　そのとおりだ、おれは陪審に嘘をついた。それはおれの犯した罪だ。どうする気だ、おれを死刑囚房に送るのか？（笑い声）
タプスコット　陪審は受け入れないだろうときみの弁護士が言ったのは、どんな話なんだ？
ボーダーズ　真実さ。あの警官たちがおれの部屋を捜索したときに仕込んだんだ。
タプスコット　きみは重要証拠が仕込まれたものだと言っているのか？
ボーダーズ　そのとおり。そいつの名前はボッシュだった。刑事だ。そいつは自分が判事であり陪審であろうとした。それでそいつは証拠を仕込んだんだ。そいつとパートナーのやつは完全に常軌を逸していた。ボッシュがペンダントを仕込み、もうひとりはそれに従ったんだ。
ソト　ちょっと待ってちょうだい。あなたが容疑者として注目される何週間もまえに、ボッシュが遺体から、あるいは殺人現場からタツノオトシゴのペンダントを盗み取り、適当な時期、適当な容疑者が現れれば、それを証拠として仕込めるように持ち歩いていたと言うつもり？　そんな話をわたしたちが信じるとでも？
ボーダーズ　あの男はこの事件に取り憑かれていた。調べればわかる。おれはあとで知ったんだが、あいつの母親はあいつが幼い子どもだったときに殺されたんだ。そこには心理学というものが関係しているんじゃないか。自分を復讐の天使であると思いこんで。だが、復讐するには遅すぎた。そんなわけでおれがここにいる。

ソト　あなたは再審請求をした。弁護士を何人も雇ってきた。なのに三十年間一度もボッシュがタツノオトシゴのペンダントを仕込んだ話を持ちださなかったのはどうして？

ボーダーズ　だれかが気に掛けてくれるとは思っていなかった。あるいはだれかがおれの話を信じてくれるとも。実を言うと、いまだに思っていない。クローニンさんに説き伏せられて、おれは自分の知っていることを話す気になった。それをいまおれはやっているんだ。

ソト　当時のあなたの担当弁護士が裁判で、証拠が仕込まれたと主張するのが悪い手だと言ったのは、どうしてかしら？

ボーダーズ　思いだしてくれ、当時は八〇年代だったんだ。あのころ、警官はやり放題だった。なんでもできたし、なにをやろうと逃げられた。それにおれがどんな証明手段を持っていたと思う？　ボッシュは、大きな事件をいくつも解決してきた英雄的警官のようだった。おれにはなんのチャンスもなかった。おれにわかっているのは、タツノオトシゴとひとかたまりのジュエリー類がおれの家に隠されていたのを警察が見つけたというが、自分がタツノオトシゴのペンダントを持っていないのを知っているのはおれだけだという事実だった。だからおれの不利になるよう仕込まれたとわかったんだ。

ボッシュは文字起こし原稿の短いその部分をもう一度読み返してから、添付されているふたつの関連資料に移った。ひとつは、カリフォルニア法曹ジャーナルに掲載された、ボーダーズの元の担当弁護士だったデイヴィッド・シーゲルの死亡記事だった。シーゲルはボーダーズ裁判の十年後、法の実践から引退して、そのあとすぐに亡くなっていた。二番目の関連資料は、実際にはソトが作成した時系列表で、ダニエル・スカイラーの大事なタツノオトシゴのネックレスがなくなっている点を述べた捜査初動報告書をボッシュが書いたのが捜査のいつの時点かを示しているものだった。時系列表には一日ごとの経過と、その間の捜査の進展が記されており、ボーダーズのアパートの隠し場所にタツノオトシゴのペンダントを仕込もうとしたら、それまでずっとボッシュがそのペンダントを保持していなければならなかったはずだった。その報告書は、ボッシュが事件で証拠を捏造したという主張の根拠の薄弱さを正確に説明しようとするソトの試みであるのが明らかだった。

ボッシュは自分のためにルシアが払ってくれた努力をありがたいと思い、こっそりファイルのコピーを寄越してくれたのもそれが理由かもしれないと思った。いま起こっているのは、自分の側の裏切りではなく、かつての同志のためを思って気を遣っているものの、結果が――そして証拠が――どうなろうと、調べてみるつもりでいることを、ソトはボッシュに知っておいてもらいたがっていた。

それはそれとして、ボッシュが三十年まえ、事件の証拠を捏造したという主張は、いまや事件記録の一部になっており、いつなんどき公に吹聴されないともかぎらなかった。担当検察官のケネディが、有罪判決を取り消そうとする動きに関して、ボッシュからの抗議を抑えるために使おうとしているテコであるのは明白だった。もし異議を唱えれば、ボッシュは恥辱にまみれるだろう。

ケネディとソトとタプスコットが知り得ないのは、ボッシュが心の奥底、もっとも暗い場所で知っているひとつの事実だった。すなわち、ボッシュはボーダーズをはめようとして証拠を捏造してはいなかった。これまで生きてきてどんな容疑者に対してでも、あるいはどんな敵に対しても証拠を捏造したことは一度もなかった。そしてそれをわかっていることがボッシュにアドレナリンと決意からなる肯定的な衝撃を与えた。この世には二種類の真実がある、とボッシュは知っていた。人の人生と使命の変わらぬ基盤となる真実。そしてもうひとつは、政治屋やペテン師、悪徳弁護士とその依頼人たちが、目のまえにある目的に合うよう曲げたり型《かた》にはめたりしている可塑性《かそ》のある真実だ。

ボーダーズは、弁護士の入れ知恵かどうかはともかく、サンクエンティンでソトとタプスコットに嘘をついた。そうすることで、ふたりの再捜査を最初から歪めた。これがペテンであり、相手がどこにいようとこちらを計略にはめた連中を根絶やしにするのが自分の責務であるとボッシュは確信した。ボッシュはいまや彼らに立ち向かおうとしていた。ずいぶん昔にとんでもない失敗をやらかしたかもしれない重荷と疚しさは、晴れた。

無実が証明され、檻から釈放されたような気になったのは、ボッシュのほうだった。

14

ホセ・エスキベルと彼の息子を殺した男たちは、薬局の防犯カメラ映像のなかで、この手の仕事を以前にやった経験がある人間特有の確信をもって行動していた。武器のジャミングを防ぎ、決定的な証拠を残さないという両方の目的のため、リボルバーを使っていた。いっさいためらいも良心の呵責《かしやく》も示していなかった。どんな大規模犯罪組織でも、そのような男たちのニーズがあった。組織の生き残りと成功を確実にするためやらねばならないことを進んでおこなう荒事担当者。実際には、そのような男たちはまれな存在だった。その事実が、殺し屋たちはサンフェルナンドのはるか外側から連れてこられ、理想主義だが、愚直なホセ・エスキベル・ジュニアによって起きた問題に対処させられたのではないかという疑念をボッシュに抱かせた。

ボッシュとルルデスとシストがその日の宵の口に、空港の監視カメラの映像を見るための令状を持って、ホワイトマン空港に戻ってきたとき、その疑念が確認されたかに思えた。日曜日の昼のビデオ映像を見ることからはじまって、一行は数時間かけて早送りし、飛行機がときおり着陸したり離陸したりするときや、飛行場の縁に沿って並んでいる格納庫の列に車が近づいていくときにだけ、通常速度での再生に戻した。一行は管制塔の下にある狭いユーティリティルームにいた。そこは警備室としても機能していた。スペースがあまりに狭いので、ボッシュはシストのニコチン・ガムのにおいを嗅げるほどだった。

ビデオ映像上の午前九時十分、クリニックで鎮痛剤の受け子の列を拾い上げているところを目撃したのとおなじヴァンが格納庫まで近づいていき、リモコンで二枚の扉を横にひらき、待つあいだに運転手が降りて、なかに入っていくが、すぐに戻ってきたとき、一行の寝ずの行は報われた。

十四分後、スカイダイビング用飛行機が着陸し、タキシングをして近づいてきて、格納庫に入った。降りたのはふたりの男だけだった――薬局《ファルマシア》の銃撃犯ととても似ている黒っぽい服装をした白人男性ふたり。彼らはまっすぐヴァンに向かい、サイドドアからなかに入った。飛行機のプロペラが回転を止めないうちにヴァンは走り去った。

「やつらだ」シストが言った。「モールにやってきて、うちの被害者たちを殺したクソ野郎どもだ」

シストはボッシュが好ましく思う怒りの口調でそう言ったが、感情的な信念と証拠は別物だとわかっていた。

「どうしてわかるんだ？」ボッシュは訊いた。

「いや、わかるでしょ」シストは言った。「そうに決まっている。タイミングが完璧だ。飛行機で飛んできて、殺しの仕事をやる。いま見たでしょ——一件落着すれば、また飛行機で受け子を運ぶ」

ボッシュはうなずいた。

「おれもきみの意見に賛成する。だが、知っていることと、証明できることとは別物だ」ボッシュは言った。「薬局に来た男たちは覆面をかぶっていた」

ボッシュはビデオモニターを指さした。

「あれが連中だと証明できるか？」ボッシュは訊いた。

「この映像をクリアなものにするよう保安官事務所のラボに頼める」ルルデスが言った。「もっと鮮明にさせる」

「うまくいけばな」ボッシュは言った。「再生速度を上げてくれ」

シストがリモコンを扱っていた。再生速度を四倍に上げ、みな待った。ボッシュはビデオのタイマーが数分単位で飛んでいくのを見つめた。時刻表示が午前十時十五分になったところで、ボッシュはシストに普通速度での再生に戻すよう告げた。殺人現場を捉えている薬局のビデオ映像は、殺害発生時刻を午前十時十四分としており、薬局はホワイトマン空港からおおよそ三キロの距離にあった。

十時二十一分、ヴァンは空港に戻った。速度制限の範囲内で移動していた。まったく急がずにゲートを通り抜け、格納庫に近づいていく。いったんそこに到着すると、側面のスライドドアがひらき、ふたりの男が外に降りて、スカイダイビング用飛行機にまっすぐ歩いていった。プロペラはすでに回っており、タキシングして滑走路に戻り、離陸しようとしていた。

「飛んできてすぐに出ていく。あんなふうに。そしてふたりの人間が死んだ」ルルデスが言った。

「あいつらを逮捕しないと」シストが言った。

「いずれ逮捕するさ」ボッシュは言った。「だが、おれは決断を下したやつをつかまえたい。あのふたりの殺し屋を飛行機に乗せた男を」

「サントスね」ルルデスが言った。

ボッシュはうなずいた。三人の刑事にとって、重要な決心がついた瞬間だった。

シストがやがてその沈黙を破った。

「で、次はどう動きます、ハリー？」シストは訊いた。

「ヴァンだ」ボッシュは言った。「明日、われわれはあの運転手を連行し、やつがなにを言うか確かめる」

「階段を上がっていくんだ」シストは言った。「いいですね」

「言うは易しおこなうは難し」ボッシュは言った。「サントスのために働いている人間は、サントスが信頼に値する兵士だから、彼のために働いているんだと、仮定する必要がある。サントスは臭い飯を食うのを怖れていないだろうし、サントスに口を割らせるのは大変だろう」

「じゃあ、おれたちはなにをするんです？」

「運転手をびびらせるんだ。もし運転手がおれたちを怖れていないのなら、サントスを怖れさせる」

空港をあとにするまえにボッシュはルルデスを管制塔に向かわせ、オコナーと話をし、二枚目の捜索令状で、スカイダイビング用飛行機の離発着を記録したクリップボードのシートを押収させた。とくに薬局銃撃事件が起こるまえの月曜日の朝の着陸情報を求めていた。それはビデオ映像自体とともに証拠として記録されるだろう。そののち、刑事たちは、ここで仕事を切り上げると決め、翌朝八時に作戦司令室に集合し、ヴァンの運転手の身柄確保の計画を定めることにした。そののち、シストとルルデスは遅い夕食を取るため、〈マガリーズ〉に向かい、一方、ボッシュは自宅へ帰るほうを選んだ。寝不足の影響が出て、眠りこけないうちに、ボーダーズ事件のファイルに少し時間をかけたかったのだ。

二日間眠らずともへいちゃらで事件を調べられていた時代がボッシュにもあった。だが、そんな時代ははるか昔に過ぎてしまっていた。

フリーウェイが空《す》くくらい遅い時間だったので、ボッシュは容易に車の流れのスリップストリームに入った。習慣のように送るおやすみのショートメッセージを別にして、この数日話をしていない娘に電話をした。娘が電話に出たのでボッシュは驚いた。夜は忙しくて娘は電話に出られないのが普通だった。

「やあ、パパ」

「元気か、マッズ？」

「ストレスたっぷり。今週中間テストがあるんだ。いまから図書館にいくところだった」

それはボッシュにとって頭の痛い話題だった。娘は大学の図書館で勉強するのが好きだった。集中力を保てる場所だからだという。だが、深夜まで、あるいはそれを過ぎても図書館に留まる場合がよくあり、そうすると地下の駐車場に停めている自分の車までひとりで歩いていくことになる。その点について親子は繰り返し話し合ったが、娘は一歩も譲らず、ボッシュが課そうと試みている午後十時の門限を受け入れようとはしなかった。

ボッシュが返事をしないでいると、娘のほうが応じた。

「図書館の件で説教かましてあたしのストレスを増やさないでね。完璧に安全だし、おおぜいの仲間といっしょにいるんだから」

「図書館について心配はしていない。駐車場について心配しているんだ」

「パパ、この件は結着済みよ。安全なキャンパスなの。大丈夫だから」

警察の仕事には、ある言い回しがある。安全でなくなるまでその場所は安全なのだ。一回の機会、ひとりの悪党、捕食者と獲物のたまさかの一回のすれ違い、それが事態を変えてしまう。だが、ボッシュはこういう話をすでに娘とわかちあっており、いまの電話を言い争いに変えたくなかった。

「中間テストがあるということは、そのあとでＬＡに戻ってくるということかい？」

「いいえ、ごめんね、パパ。あたしとルームメイトたちは、自由になったらすぐＩＢ

にいく予定。次の機会に戻る」

ボッシュは三人いる娘のルームメイトのひとりが国境近くのインペリアル・ビーチ出身だと知っていた。

「国境は越えるんじゃないぞ、いいな？」

「パーパ」

娘はその一語を終身刑の宣告のように口にした。

「わかった、わかった。春休みはどうだ？　ハワイかどこかへ旅行するのを考えていたんだが」

「今回のが春休みなの。あたしは四日間ＩＢにいてそれからここに戻ってくる。なぜなら春休みは本当の意味で休暇じゃないから。いま取り組んでいる心理プロジェクトが二件あるの」

ボッシュはまずかったと思った。数ヵ月まえにハワイにいく考えを口にしていたのに、それ以降、フォローしなかったのだ。いま、娘は別の予定を入れていた。娘といっしょにいられる時間、彼女の人生の一部である時間がなくなりつつあるのはわかっていたので、思い出を作る旅になるはずだった。

「うん、あの、一晩あけてくれないだろうか？　どの晩にするのか決めてくれたら、おれがそっちにいく。キャンパス付近のどこかで食事をしよう。おまえに会いたいだけなんだ」

「わかった、そうする。だけど、ニューポートに〈モッツァ〉の店があるの。そこへいかない？」

〈モッツァ〉は、ロスにある娘のお気に入りのピザ店だった。

「どこだろうとおまえのいきたいところでいい」

「すてき、パパ。じゃあ、いかないと」

「オーケイ、愛しているよ。安全にな」

「そっちもね」

そして、娘は電話を切った。

ボッシュは哀しみの波に襲われた。娘の世界は広がりつづけている。彼女はいろんな場所に出かけており、それは物事の自然な有り様だった。ボッシュはそれを見るのを喜ぶと同時に見ているだけしかできない自分の暮らしを憎んでいた。大学に入学して家を出ていくまえの数年間、娘はただボッシュの日々の暮らしの一部だった。ボッシュは失われた歳月のすべてを後悔していた。

家にたどり着くと、一台の車が正面に停まっており、前部座席でうなだれているひとつの人影があった。午後九時であり、ボッシュには来客予定がなかった。カーポートに車を停めると、通りを歩いて、自宅の玄関への道を塞いでいる車の背後にまわった。近づきながら、携帯電話の明かりを点け、それで運転者側の窓からなかを照らした。

ジェリー・エドガーが運転席で寝ていた。

ボッシュがエドガーの肩を軽く叩いたところ、エドガーは驚いて、ボッシュを見上げた。頭上と背後に街灯があったせいで、ボッシュは陰になっていた。

「ハリー？」

「やあ、パートナー」

「クソ、眠ってしまった。いま何時だい？」

「九時ごろだな」

「クソ、まったく。気を失っていたよ」

「どうした？」

「あんたに話をしにきた。郵便受けに入っていた郵便物を調べてみたら、あんたがまだおなじ家にいるのがわかった」

「じゃあ、なかへ入ってくれ」

ボッシュは車のドアをあけてやった。エドガーの調べた郵便物をボッシュが回収してから、ふたりは玄関のドアからなかへ入った。

「ハニー、帰ったぞ」ボッシュは呼びかけた。

エドガーは冗談だろという目つきでボッシュを見た。ボッシュが独り者だとずっと知っていたのだ。

「たんなる冗談だ」ボッシュは笑みを浮かべ、首を横に振った。

ボッシュは言った。「飲むか？　ビールは切らしているんだ。バーボンを一本手に入れたんだが、それくらいしかない」

「バーボンはいいね」エドガーは言った。「氷を一個か二個入れてほしい」

ボッシュはエドガーにリビングへいくよう合図すると、自分はキッチンにすぐ入った。

キャビネットからグラスを二個取りだし、なかに氷を何個か入れた。エドガーが引き戸のレールから箒の柄を外して、引き戸をあける音が聞こえた。

ボッシュは冷蔵庫の上に置いていたバーボンの壜をつかむと、デッキに出ていった。エドガーは手すりのところに立ち、カーウェンガ・パスを見下ろしていた。

「まえと変わらない場所に見えるな」エドガーが言った。

「変わらないというのは、この家か、それとも谷か？」ボッシュは訊いた。

「両方だろうな」

「乾杯しよう」

ボッシュはバーボンの壜の封を切って注げるよう、両方のグラスをエドガーに手渡した。

「ちょっと待った」エドガーが壜のラベルを見て言った。「本気か？」

「本気ってなにが？」ボッシュは訊いた。

「ハリー、それがなんなのか知ってるのか？」

「これか？」

ボッシュはラベルを見た。エドガーは体の向きを変え、氷を手すり越しに捨てた。それから空になったグラスをボッシュに差しだした。

「パピー・ヴァン・ウインクルに氷を入れるもんじゃない」

「そういうもんか？」

「ホットドッグにケチャップを載せるようなもんだ」

ボッシュは首を横に振った。エドガーが伝えようとしているその比喩の意味がわからなかった。

「人はいつだってホットドッグにケチャップを載せているだろ」ボッシュは言った。

エドガーは両方のグラスを差しだし、ボッシュは注ぎはじめた。

「まあまあ」エドガーは言った。「どこでそいつを手に入れたんだ？」

「仕事をしてやったある人からもらったものだ」ボッシュは言った。

「その男は羽振りがいいに決まってるな。こいつをeBay《イーベイ》で見たら、封をけっして破らなければよかったと思うぞ。娘に車を買ってやれたかもしれなかったのに」

「くれたのは女性だ。おれが仕事をやってやった相手だ」

ボッシュは壜に貼られたラベルにふたたび目を向けた。壜の口を鼻に近づけ、深くてスモーキーなピリッとする香りを嗅いだ。

「車だって？」ボッシュは言った。

「ああ、少なくとも手付けは払えるな」エドガーは答えた。

「サンフェルナンドで本部長にプレゼントとして横流ししたかもしれない。クリスマス・プレゼントにしようかと思っていた」

「丸一年分のプレゼント以上だろうな」

ボッシュは壜をツー・バイ・フォーの手すりの笠木に置いた。エドガーがたちまちパニックにかられた。地震あるいはサンタアナの強風が眼下の暗い涸れ谷に壜を落とさぬうちに、しっかり手につかむ。それをラウンジチェアの隣にあるテーブルに安全に置いた。

エドガーが戻ってきて、ふたりは手すりに隣り合ってもたれ、バーボンを啜りながら山道《パス》に目を向けた。山道を下りきったところでフリーウェイ101号線は、ハリウッドから上ってくる白い光のリボンと、南へ向かう赤い光のリボンの二本で構成されていた。

ボッシュはエドガーがこの来訪の理由を話しだすまで待ったが、なんの言葉も出てこなかった。昔のパートナーは、稀少なバーボンを啜り、山道の夜景を眺めることで満足しているかのようだった。

「今夜、ここまでおまえを上ってこさせたのは、なんだ？」ついにボッシュのほうから訊いた。

「さあ、どうなんだろうな」エドガーは言った。「あんたときょう会ったせいだとでも言おうか。あんたがまだゲームをつづけているのを見て、考えさせられた。おれは自分の仕事が嫌いなんだ、ハリー。なにひとつ達成したためしがない。ときどき、州は悪党の医者を取り除くんじゃなく、守りたがっているという気がする」

「まあ、それでもおまえは小切手を稼いでいるじゃないか。おれはそうじゃない——機器費用として毎月もらっている百ドルを別にして」

エドガーは笑い声を上げた。

「それっぽっちかよ？　あんたは金が有り余っているんだな」

エドガーはグラスを差しだし、ボッシュは自分のグラスをそれに軽く当てた。

「ああ、そうだ」ボッシュは言った。「大金を稼いでいる」

「クソッタレ・ハリウッド分署はどうなんだ？」エドガーは言った。「もう殺人課すらないんだぞ」

「ああ。物事は変わるもんだ」

ふたりはふたたびグラスを重ね合わせ、しばらく静かにチビチビと飲んでいたが、やがてエドガーが丘を上ってきた理由を話しはじめた。

「で、チャーリー・ホーヴァンがきょう電話をかけてきて、あんたについていろいろ訊きたがった」

「なんて答えたんだ？」

エドガーは体の向きを変え、まっすぐボッシュを見た。デッキの上はとても暗くて、相手の目がキラッと光るのしか見えなかった。

「あんたはいい人間だ、と答えた。あんたを信用し、ちゃんと対応しろ、と伝えた」

「ありがとうよ、J・エドガー」

「ハリー、これがなんであれ、おれも加わりたい。あまりに長いあいだ傍観者の立場に甘んじてきたんだ。このくだらない事態が目のまえを通り過ぎていくのをただ見ていた。捜査に加えてくれと頼んでいる」

ボッシュはスモーキーなバーボンをグイッと飲んでから答えた。

「うちは手に入るかぎりの人手を利用できる。きょう、おまえはおれたちをオフィスから出ていかせたがっているように思ったんだがな」

「ああ、なぜなら、あんたはおれがやるべきだったことを思いださせる存在だったからだ」

ボッシュはうなずいた。ふたりが二十五年まえ、ハリウッド分署でパートナー同士だったとき、ボッシュはエドガーが仕事に熱心だと感じたことは一度もなかった。だが、償いの必要性がありとあらゆる方法でどんなときにでも生じるものだとボッシュはわかっていた。

「サンフェルナンドがどこにあるかすら知らないんじゃないのか？」ボッシュは訊いた。

「もちろん知ってる」エドガーは言った。「案件がらみで二、三度、サンフェルナンドの裁判所に出かけたよ」

「まあ、加わりたいというなら、あした朝八時にサンフェルナンド市警に集合だ。戦略会議をひらく。キャッパーの身柄を押さえ、釣りをはじめる予定だ。たぶん、どこかの時点でヘレラ医師もしょっぴくだろう。それに関しておまえの力をたぶん利用できるだろう」

「まず最初におれが参加する許可をもらわないといけないんじゃないのか？」

「本部長はこの件で手に入るかぎりの協力を受け入れる気でいると思う。おれが本部長に話すよ」

「じゃあ、そこへ向かうよ、ハリー」

エドガーは一息に残りのバーボンを呷《あお》ると、味わってから飲みこんだ。手すりに空になったグラスを置き、あとずさりしながらそのグラスを指さした。

「滑らかだった。ごちそうさま、ハリー」

「もう一杯どうだ？」

「そうしたいところだが、あしたは早い。家に帰らないと」

「家にだれか待っているのか、ジェリー？」

「実を言うと、そうなんだ。ヴェガスで働いているときに再婚したんだ。いい子だぞ」

ボッシュはひさしぶりにエレノア・ウィッシュを頭に浮かべた。

エドガーはボッシュに悲しげな笑みを向けた。

「じゃあ、あした」エドガーは言った。

エドガーはボッシュの上腕を軽く叩くと、家のなかへ戻り、玄関のドアを目指した。ボッシュはデッキに留まり、高価なバーボンを啜りながら、過去に思いを馳せた。エドガーの車が発進し、夜に走り去っていく音が聞こえた。

15

朝、ボッシュは〈ホースレス・キャリッジ〉のカウンターで朝食を取った。ヴァンナイズにある広大なフォードの販売店の中央に位置しているダイナーだ。サンフェルナンドから数キロほどしか離れておらず、ボッシュは毎朝、作戦司令室に差し入れされる無料のブリトーを食べるのに飽き飽きしていた。〈ホースレス〉は五〇年代の雰囲気があり、第二次大戦後、ヴァレー地区を席巻《せっけん》した人口拡大と土地拡大ブームをいまも思いださせるようすがだった。車が王になり、ヴァンナイズは自動車売り買いのメッカだった。自動車販売店が軒を連ね、そこを訪れる客を引き寄せるものとして、コーヒーショップやレストランが次々と進出した。

ボッシュはフレンチトーストを注文し、ルシア・ソトと連絡を取るために購入した使い捨て携帯に昨晩送られてきたビデオ映像を見た。その映像は覚えのない番号から送られてきたのだが、ソト自身がいま利用している使い捨て携帯の番号だろうとボッシュは推測した。

そのビデオ映像はダニエル・スカイラー事件の証拠保管箱開封をタプスコットが撮影したものだった。ボッシュは、昨晩、疲労のあまり目をあけていられなくなるまで、その映像を繰り返し見たが、何度見ても、どうやって証拠保管箱に不正工作をしたのか、突き止められなかった。古く、黄変した証拠封印ラベルは、箱がカメラのまえに置かれ、ソトによって切られるまで、まったく手つかずのようだった。

そのことがボッシュをずっとやきもきさせた。資料保管課と、ルーカス・ジョン・オルマーのDNAをスカイラーの着衣に発見したラボのテーブルとのあいだのどこかに、糸のもつれがある、とボッシュはわかっていたからだ。オルマーのDNAは仕込まれたものであるという鉄板の認識からはじめた場合、ボッシュはふたつのことを突き止めなければならなかった。ひとつは、そもそも二年まえに死亡した男のDNAを手に入れた方法であり、ふたつめは、封印された証拠保管箱に収められた着衣にそれを仕込んだ方法だった。

最初の疑問は、昨夜、すでに解答が出ていた――少なくともボッシュの満足いく程度には――エドガーが立ち去り、ようやくボーダーズ捜査ファイルの二度目の見直しをする機会が得られたあとで。今回、ファイルのなかに収められているファイルに注意を払った——一九九八年のオルマーに対する複数のレイプ容疑に関するファイルに。最初に記録にざっと目を通した際、ボッシュは、事件の捜査側により多くの注意を払っていた。立件の根拠は捜査のあいだにまとめられ、検察は集められた事実と証拠を陪審に戦略的に提示しているだけだという刑事のバイアスを示していた。それゆえ、検察のファイルに入っているものはすべて捜査側のファイルですでにカバーされている、とボッシュは信じていた。

検察および弁護側によって提出された申し立てと反訴の束に目を通すと、その物の見方がひどくまちがっていたのをボッシュは知った。大半は決まりきった法的主張だった——検察あるいは弁護側による証拠または証言を無効にする申し立てだ。すると、ボッシュは、裁判でオルマーは事件のDNA証拠に異議を唱えるつもりだと述べる弁護側の申し立てに出くわした。その申し立てでは、捜査の過程で採取された遺伝物質の一部を、独立した分析を可能にするため弁護側に提供するよう州に命じてほしいと判事に請求していた。その申し立ては州側の異議が出ず、リチャード・ピットマン判事は、遺伝物質を弁護側に分けるよう地区検事局に命じた。

弁護側申立書はオルマーの弁護士、ランス・クローニンによって書かれていた。それはお定まりの裁判前行動だったが、ボッシュの関心を惹いたのは、裁判開始にあたって弁護側が提出した証人リストだった。リストには五名の証人しかなく、それぞれの名前のあとに、当該人物が何者であり、どんな証言をする予定なのかの要約が書かれていた。五名の証人のいずれも化学者あるいは法医学の専門家ではなかった。これは、事前に提出した申し立てでほのめかしていた、新たなＤＮＡに関する発見証拠を裁判ではクローニンが出してこなかったことをボッシュに告げていた。クローニンは別の方向に向かったのだ。合意の上でのセックスだったと主張することから、州側のＤＮＡ採取手順と分析を攻撃することまで、ありとあらゆる手立てを取ったのかもしれなかった。それがどんなものであれ、うまくいかなかった。オルマーは起訴されたすべてで有罪となり、刑務所に送られた。そして判事によって弁護士に渡された遺伝物質がどうなったのか、ファイルにはなんの記録もなかった。

地区検事局は裁判後、遺伝物質の返却要請をすべきだったとボッシュにはわかっていたが、それがおこなわれたことを示すものは記録にいっさい残っていなかった。オルマーは有罪を宣告され、生きて外に出ることはありえないであろう長期刑を科されて、刑務所に追いやられた。現実には、組織のエントロピーがおそらくまさったのだ、とボッシュにはわかっていた。検察官と捜査員は、別の事件と裁判に向かったのだ。なくなったＤＮＡの行方は説明されておらず、それゆえダニエル・スカイラーのパジャマで見つかった遺伝物質の出所でありえるかもしれなかった。だが、それを証明するのは別の問題だった。とりわけ、その微量のＤＮＡがパジャマに付いた方法をボッシュが解き明かせずにいるいまは。

それでも、さしあたり、誤審が間違いないように思える主張のファサードにはっきりとヒビが入った。所在が説明されていないＤＮＡがあり、二件の当該事件のあいだを行き来している刑事弁護士はそれにアクセスできた可能性があった。

ボッシュは皿を押しのけ、腕時計を確認した。七時四十分。作戦司令室に向かう頃合いだった。立ち上がり、カウンターに二十ドル置くと、車に向かった。一般道を通り、ロスコー大通りからロウレル・キャニオン大通りに入ると、北に向かった。途中、ミッキー・ハラーから電話がかかってきた。

「おもしろいな、ちょうどきみに電話しようと思っていたところだ」ボッシュは言った。

「へー、そうかい？」と、ハラー。「なんの件で？」

「きみに絶対に依頼をしたいと決心した。おれは来週ひらかれる例の審問で第三者として出席し、プレストン・ボーダーズの釈放に反対したいんだ。どんな法的手段を使ってでも」

「わかった。できるだろう。マスコミをかませたいか？　引退した刑事が地区検事局に立ち向かうという異例の審問になるぞ。いい記事になる」

「まだそのときじゃない。おれが証拠を捏造したとボーダーズが主張し、地区検事局がそれにおおむね同意する事態になったら、めんどうなことになるだろう」

「なんだって？」

「ああ、関連資料に目を通した。ボーダーズは、自分のアパートにおれが重要証拠──タツノオトシゴのペンダント──を仕込んだと主張している。おれのせいだとすることが、その話を信じさせる唯一の方法だ」

「ボーダーズはその証拠を提出したのか？」

「いや、だが、その必要はないんだ。もし見つかったDNAがすでに有罪を宣告されているレイプ犯を指すのなら、ペンダントを所持していたボーダーズにとって唯一信憑性のある証拠は、それが仕込まれたものだというものだ」

「なるほど、わかった。あんたの言うとおりだな。こいつはうんざりするほどひどいものになるだろうし、可能なら、マスコミを遠ざけておきたいという理由もわかる。だが、大きな疑問がある──その砂上の楼閣をどうやって崩すんだ？」

「まだその途中だ。どこで、どうやって、オルマーのDNAを連中が手に入れたかはわかっている。突き止める必要があるのは、そのDNAを証拠に付着させた方法だ」

「言わせてもらうなら、易しい部分はすでに解決したようだな」

「いま、難しい部分に取りくんでいる。電話してきたのは、それが理由か？　おれに発破をかけるため？」

「いや、実際には、あんたにあげるちょっとした贈り物があるんだ」

「それはなんだ？」

ボッシュはロウレル・キャニオン大通りを外れ、ブランド大通りを順調に北上しているところで、〝サンフェルナンドにようこそ〟の看板を通り過ぎた。

「そうだな、あんたがこの件をはじめておれに話したとき、プレストン・ボーダーズという名前にピンと来たんだ。その名前をおれは覚えていたが、どこで知ったのか思いだせなかった。サウスウェスタン大学のロースクールに在籍していたんだが、当然、そのころはあんたのことを知らなかった。いずれにせよ、授業のあいまに刑事裁判所ビルに出かけ、法廷に座って、刑事弁護士の仕事ぶりをよく観察していた」

「検察官の仕事ぶりに興味はなかったんだな？」

「あまりなかった。おれの父親が――われわれの父親が――刑事弁護士だったからかな。要するに、おれはボーダーズ裁判の一部を見ていたのは確かなんだ。つまり、三十年まえ、おたがいに知らずにおなじ法廷にあんたとおれはいたことになる。ある種、すごいことだと思った」

「ああ、すごいな。それで電話してきたのか？　それが贈り物か？」

「いや、贈り物はこうだ——われわれの父親は若くして亡くなった——それどころか、法廷にいる父親を見たことはない——だが、彼には若いパートナーがいて、父親のあとを引き継いだ。そして刑事裁判所ビルに見にいっていたのは、その男なんだ」

「話題にしているのは、デイヴィッド・シーゲルか？　彼がそのパートナーだったのか？」

「そのとおり。そしてシーゲルは一九八八年のあの裁判でプレストン・ボーダーズを弁護していた。おれは子どものころから、デイヴィッドおじさんと呼んでいたよ。彼は偉大な弁護士であり、裁判所界隈ではリーガル・シーゲルと呼ばれていた。おれをロースクールに通わせてくれたのは彼だ」

「シーゲルの弁護資料はどうなった？　裁判がらみの記録がまだ残っていると思うか？　それがあれば役に立つかもしれない」

「ほら、そこがあんたへの贈り物なんだ、わが兄弟。記録は必要ない——リーガル・シーゲルがいる」

「なにを言ってるんだ？　シーゲルは死んだんだぞ。ファイルのなかに死亡記事が入っていた――おれはきのうの夜、それを読んだ」

ボッシュは、署から一ブロック離れた踏切で、メトロの列車が甲高い音を立てて通り過ぎていくのを待たねばならなかった。ハラーはその音を電話ごしに耳にして、静かになるのを待ってから話しだした。

「ひとつ話をさせてくれ」ハラーは言った。「法の実践から引退する際、リーガル・シーゲルは、自分が永年弁護人を務めた、なんというか、よろしくない依頼人たちのだれにも見つけられたくないと考えた。とりわけ、自分との関わり合いの結果に喜んでいなかった可能性のある連中に」

「刑務所を出所した連中中に、お礼参りに来られたくなかったんだな」ボッシュは言った。「そうだな、理由はわかる」

「おれ自身もその経験があり、嬉しいものじゃない。だから、リーガル・シーゲルは、職場を売却し、姿をくらました。息子のひとりに自分で書いた死亡記事をカリフォルニア法曹協会の連絡紙に送らせすらした。読んだ覚えがある。その記事ではシーゲルを法律の天才と呼んでいた」

「おれが読んだのはそれだ。ソトとタプスコットは、シーゲルが死んだと言われているので、その記事をファイルに入れていた。まだ生きていると言っているのか？」

「当年八十六歳になる。数週間おきに会いにいこうとしているよ」

ボッシュはサンフェルナンド市警のサブ駐車場の駐車スペースに車を停めた。ダッシュボード・クロックを確認したところ、遅刻しているのがわかった。ほかの刑事たちの私用車は全部、すでに到着していた。

「シーゲルと話をする必要がある」ボッシュは言った。「新しいファイルのなかで、ボーダーズはシーゲルを裏切っている。シーゲルはそのことを気に入らないはずだ」

「気に入らないだろうな」ハラーは言った。「だけど、それはあんたにとっていいきっかけになる。弁護士の評判を攻撃すれば、当該弁護士は反撃するのが認められる。おれが面会の手はずを整えるので、その様子を記録しよう。いつ都合がつく？」

「早ければ早いほどいい。八十六歳になると言ってたな。大丈夫なのか？」

「まったく問題ない。頭は錐刀《スティレット》のように鋭いままだ。体はそうでもない。ベッドに寝たきりだ。車椅子で移動しなければならない。〈ランガーズ〉か〈フィリップス〉のサンドイッチを持っていってやると、昔の事件についてノスタルジーまじりの大騒ぎをしてくれるぞ。おれはいつもそうしている。担当した事件の話を彼がしてくれるのを聞くのが好きなんだ」

「わかった、面会の設定をして、結果を教えてくれ」

「引き受けた」

ボッシュはエンジンを切り、ジープのドアをあけた。ほかにハラーに訊いておくべきことがないか、急いで思いだそうとした。

「ああ、それからもうひとつ」ボッシュは言った。「フルーツ・ボックス財団のビビアナからバーボンをもらったクリスマスを覚えているか？」

ビビアナ・ベラクルスは、去年、ハラーとボッシュが取り組んだ私立探偵案件で出会ったアーティストだった。

「ハッピー・パピーだな、ああ、覚えている」ハラーは言った。

「おれのもらったボトルをきみが百ドルで買うと言ったのを覚えているぞ」ボッシュは言った。「売りそうになった」

「そのオファーはまだ有効だ。あの酒を飲み切っていないかぎり」

「いや、きのうの夜まで封すらあけていなかった。で、そのときに、きみの申し出よりおよそ二十倍の金を手に入れられたかもしれないのが判明した」

「ほんとか？」

「ああ、ほんとだ。きみは悪党だな、ハラー。おれが気づいていることを知っといてくれ」

電話の向こう側でハラーが喉を鳴らして笑っているのが聞こえた。

「せいぜい笑うがいいさ」ボッシュは言った。「だが、売らないからな」

「なあ、ケンタッキー・バーボンが選択肢にある場合、道徳も倫理もなくなるんだ」ハラーは言った。「とりわけ、それがパピー・ヴァン・ウインクルの場合は」

「それを覚えておこう」

「覚えておくがいい。あとで連絡する」

通話は終わり、ボッシュは通用口から署に入った。無人の刑事部を通り過ぎ、作戦司令室のドアをあけた。すぐに朝食のブリトーの新鮮な香りに襲われた。

満席だった。テーブルのまわりに座って、ルルデスとシスト、ルゾーン、トレヴィーノ警部、バルデス本部長が食事をしていた。ジェリー・エドガーも、ボッシュが一度も会ったことがない男といっしょに出席していた。男は三十代後半、黒髪で浅黒い肌をしていた。ゴルフシャツを着て、袖口が膨らんだ力こぶでパンパンになっていた。

「遅れて申し訳ない」ボッシュは言った。「全員集合になるとは思っていなかった」

「待っているあいだに食べていたわ」ルルデスが言った。「ハリー、こちらは麻薬取締局《DEA》のホーヴァン捜査官よ」

16

袖口をパンパンにした男が立ち上がり、テーブル越しに手を伸ばして、ボッシュの手を握った。そうしながら、ホーヴァンは、美術評論家が彫刻をはじめて見る際や、大学のフットボール・コーチがハイスクールのコーナーバックを見る際のようなやり方でボッシュを品定めした。

ホーヴァンの強い握手から解放されたのち、ボッシュはテーブルの端にある椅子を引きだし、腰を下ろした。ルルデスがブリトーの載ったトレイを手に取り、差しだそうとしたが、ボッシュは片手を上げ、首を横に振った。

「さて」ボッシュは言った。「ホーヴァン捜査官、けさ、われわれになにを持ってきてくれただろうか？」

「あなたが電話をしてきて、わたしは対応したいと考えた」ホーヴァンが言った。

「わたしのことをあなたに伝えたのがジェリー・エドガーだったので、きのう事件とあなたについてジェリーと話をし、われわれ全員が実際に顔を合わせるのが最良の手だと考えたんです」

「サントスについてわれわれ全員に説明してくれるというのか？」ボッシュが訊いた。

ホーヴァンが答えるまえに本部長が口をひらいた。

「けさ一番にホーヴァン捜査官はわたしに会いに来てくれた」本部長は言った。「われわれ全員に説明をするつもりだが、そのうえ、われわれの捜査に関して二、三、アイデアがあるという」

「われわれの捜査です」ボッシュは言った。

「ハリー、いきり立つんじゃない」バルデスは言った。「きみが考えているようなものじゃない。まず、この男の話を聞け」

「ハリーの言うとおりだと思います」シストが言った。「連邦捜査官がやってくるとき、連中はなにもかも取っていくためやってくるんです。これはわれわれの事件です」

「捜査官に発言する機会を与えてやってくれないか」本部長は念押しした。

ボッシュは態度でホーヴァンに話をするよう促したが、反駁したシストをあっぱれと思った。

「さて、本部長とジェリーからうかがって状況を把握しているつもりです」ホーヴァンは言った。「ここで二重殺人事件が発生しており、みなさんはパコイマにあるクリニックに狙いをつけた。きょう、みなさんはここに集まり、協議して、少人数で最大の成果をあげようと決めるつもりだった。その見方は正しいですか？」

「なにが言いたいの？」ルルデスが訊ねる。

「みなさんは鎮痛剤の受け子かキャッパーを逮捕し、それをテコに大物をつかまえていくつもりでいる、そうですね？」ホーヴァンは言った。「普通はそういう形で進んでいく」

「で、それが問題なの？」ルルデスが訊いた。「普通はそういう形で進んでいくのは、それが機能するからよ」

ルルデスはボッシュをチラッと見て、加勢を求めた。

「ああ、そういう計画だった」ボッシュは言った。「だが、ＤＥＡは別の提案を持っているようだな」

「そのとおり」ホーヴァンは言った。「あの薬局の殺しを命じた男を捕らえたいのなら、狙いはサントスだと思う。そしてこの世のなかに、わたし以上にサントスとその違法活動について知っている人間はいないんです。そのうえでお伝えしますが、大きな魚を捕らえるために小さな魚を捕らえる作戦は、うまくいかないんです」

「なぜそうなの？」ルルデスが訊いた。

「なぜなら、この場合の大きな魚は手厚く守られているからです」ホーヴァンは言った。「今回の事件について聞いた話に基づくと、みなさんの見立ては正しいでしょう。ふたりの殺し屋はサントスに派遣されたものです。ですが、けっしてその結びつきは明らかにならないでしょう。サントスは危ない橋を渡りません」

「じゃあ、どうやってサントスをつかまえるの？」ルルデスが訊いた。

ルルデスの口調は、偉そうな連邦政府職員が自分たちの事件に講釈を垂れるという考えに対する嫌悪感をあらわにしていた。

「内部に人を入れる必要があります」ホーヴァンは答えた。

「それがあなたのアイデア？」ルルデスが問い返す。

「そのとおり」ホーヴァンは言った。「みなさんにはここで機会があります。潜入する機会が」

「おれがやります」シストが言った。「おれが潜入します」

だれもがシストのほうを見た。事件で重要な役割を果たそうとする彼の熱意は、経験不足と潜入捜査の危険性をものともしていなかった。

「いや、きみじゃない」ホーヴァンは言った。

ホーヴァンはテーブルを挟んで真向かいにいるボッシュを指さした。

「彼だ」ホーヴァンは言った。

「いったいなにを言ってるの？」ルルデスが問い迫った。

「あなたは何歳ですか、ボッシュ刑事？」ホーヴァンが訊いた。「六十五歳を越えていると思うんですが」

「そうだ」ボッシュは言った。

ホーヴァンはボッシュをテーブルにいるほかの人間に紹介するかのような仕草をした。

「ボッシュ刑事を選び、もう少し歳を取っているように、もう少しくたびれ、もう少し腹を空かしているように見せかける。新しい身分証明書とメディケア・カードを用意する。服を替えてもらい、二、三日、カミソリと石鹸を取り上げる。われわれがおこなうのは、クリニックのヴァンを追跡し、薬局で数人の受け子を逮捕し、それがランダムの手入れのように見せかけることです。ジェリーとわたしがそこを担当します。そうなると、キャッパーがクリニックに戻ったとき、何人か手駒が減っていて、月末には数千錠の鎮痛剤が足りないことが判明する。そこへ理想的な新入り候補が飛び入りする」

ホーヴァンはふたたび両手を使って、ボッシュを一同に差しだすような仕草をした。

「〝理想的な新入り候補〟だと？」ルゾーンが言った。

「この人はちょうどいい年齢であり、連中が探しているのにぴったりだ」ホーヴァンは言った。「いままで潜入捜査をしたことがありますか、刑事？」

全員の目がボッシュに向かった。

「あまりない」ボッシュは言った。「事件で二、三回。危ないものはいっさいなかった。ただ、一日じゅう州内を走り回って薬局を巡ったとして、サントスにたどり着く可能性はどれくらいあるだろう？」

「こう言ってみましょう――法執行部門のほかのだれよりも可能性が高くなります」ホーヴァンは言った。

「サントスは幽霊です。ヒルビリー・ヘロイン界のハワード・ヒューズです。一年近くだれも彼を見ていません。うちの局が秘密裏に撮影した彼の写真はそれ以上古いものです。ですが、ここにこういうものがあります」

ホーヴァンは目のまえのテーブルに置いていた薄いマニラ・ファイルをひらいた。そこにはホッチキス留めされた二枚の書類が入っていた。ホーヴァンは全員に見えるようにそれを掲げ持った。

「これはサントス用の氏名不明者《ジョン・ドウ》逮捕状です。組織犯罪規制法《RICO》適用案件であり、法的に有効な逮捕状です。この逮捕状が発行されたのは一年以上まえです。これを執行していないのは、当該人物を特定あるいは発見できていないからです。ですが、あなたならそれができるかもしれない。あなたが新入りとして採用され、われわれに入ってくるよう合図を送れるくらい接近できるかもしれない。われわれはあなたが必要とするあらゆる手配をします。あなたがサントスに会う、われわれに連絡して呼びつける、われわれがサントスを逮捕する。あの薬局の殺しを命じた男を逮捕するんです。ひょっとしたら実行犯すら逮捕できるかもしれない」

ホーヴァンは訴えるような口調で計画を披露した。その計画についてみなが考えているあいだ、長い沈黙が降りた。ボッシュが逮捕状の入っているファイルに手を差しだし、ホーヴァンがそれを手渡した。ボッシュは逮捕状に目を走らせ、小道具でないことを確かめた。本物に見えた。〝サントス〟こと氏名不明者《ジョン・ドウ》は、連邦政府組織犯罪規制法に従って告発されていた。ほぼ五十年間にわたって、組織暴力団員を追及するのに連邦捜査官が利用している包括的法律だった。

沈黙を破ったのはルルデスだった。

「聞いたところでは、そっちの前のスパイは、飛行機に乗せられて、二度と戻らなかったそうね」ルルデスは言った。

「ええ、だけど、彼は警官じゃなかった」ホーヴァンは答えた。「素人であり、素人特有のミスをしでかした。そんなことはボッシュ刑事の場合は起こらないでしょう。彼は〝綺麗にめかしこむ〟――潜入捜査の用意が完璧に整うことを指す、うちの局内での言い方です。つまり、いま完璧な機会があるんです」

ホーヴァンはボッシュをまっすぐ見て、最後の投球をおこなった。

「正直に認めざるをえないんですが、ジェリーからあなたの評価をうかがい、あなたが年寄りだと聞いたとき、わたしの頭はフル回転しました。潜入捜査をあなたの年齢でおこなう人間は手に入らないんです。正直言って、皆無です。あなたは理想的な飛び入りなんですよ」

ボッシュの顔に怒りが浮かびはじめた。

「ああ、〝年寄り〟呼ばわりはもう勘弁してくれ」ボッシュは言った。「言いたいことはわかった」

　バルデス本部長が咳払いをし、ほかのだれかが反応しないうちに、会話に割りこんだ。

「もしハリーが飛行機に乗ったなら、どこかで姿を消しかねない」バルデスは言った。「そういうのは気に入らないな」

「スラブ・シティに連れていかれる公算大です」ホーヴァンが言った。

「そこはどんなところなんだ？」

「ソルトン湖の南岸近くにある、お役御免になった軍用基地です。基地が閉められるとき、そこからあらゆるものを運びだし、残ったのは硬い地面だけになりました。その地面は、滑走路と、かまぼこ型プレハブ建築《クオンセット》が築かれていたコンクリート板《スラブ》なんです。人々がやってきて、そこを無断で占拠し、自分たちの住み処《か》を築きました。そのちサントスが違法活動の拠点を置き、滑走路を利用し、その活動のためのテント・シティを築いたんです」

「なぜそこに入っていき、全部潰さないの？」ルルデスが訊いた。

「なぜなら、われわれはサントスを捕らえたいからです」ホーヴァンは言った。「彼が受け子として使っている中毒者なんてどうでもいい。そういう連中は腐るほどいる。蛇の頭を捕らえたいのであり、そいつがその場にいるときに合図を送って知らせてくれる人間を内部に潜入させる必要があるんです」

「わかった、その提案を検討しなければならないな」バルデスが言った。「ボッシュ刑事は、これが自主的におこないたいことかどうか判断する必要がある。彼は本市警の予備警察官であり、きみがここで話しているようなリスクがある要素を伴うものをいっさい彼に命じるつもりはない。だから、一日か二日猶予をいただきたい。結論が出れば、こちらからきみに連絡する」

ホーヴァンは両手のてのひらを上に向け、決定権はそちらだという仕草をした。

「ええ、了解しました」ホーヴァンは言った。「わたしはここに来て、説得したかっただけです。では、みなさんはそれぞれの仕事に戻って下さい。決まったら連絡をお願いします」

ホーヴァンは立ち上がって出ていこうとしたが、ボッシュは一言でその動きを止めさせた。

「やるよ」ボッシュは言った。

ホーヴァンはボッシュを見た。笑みが顔に広がっていく。

「ハリー、ちょっと待った」バルデスが言った。「ほかのオプションを時間をかけて検討すべきだと思う」

「ハリー、本気？」ルルデスが付け加えた。「危険な任務よ――」

「用意するのに二日ほしい」ボッシュは言った。「おれはやってみるよ」

「オーケイ、オーケイ」ホーヴァンは言った。「ひげを剃らず、風呂にも入らないでくれ。体臭は指標だ。臭わないと常用者じゃない」

「教えてくれてありがとう」ボッシュは言った。

「常用者の実態を調べたいなら、本物を紹介できる」麻薬捜査官は言った。

「いい」ボッシュは答えた。「その件で話をできる人間を知っている。いつ潜入する？」

ボッシュはテーブルを取り巻いている顔を見た。心配そうな表情は、ホーヴァンの顔に浮かんだ昂奮の表情よりはるかに多かった。

「金曜日に潜るのはどうだろう？」ホーヴァンは言った。「それだけあれば、ロジスティックスを整え、シャドー・チームを要請できる。あなたに潜入捜査のトレーナーたちと過ごしてもらう時間もあるかもしれない」

「完璧な支援体制を整えてもらいたい」バルデスは言った。「うちにはそんな体制を整えるだけの人員がいないが、ハリーが木からぶら下がって風にそよいでいるなんて目には遭わせたくない」

しますように」

「そんなことにはなりません」ホーヴァンが言った。「彼から目を離させないようにします」

「あの飛行機にハリーが乗ったらどうなるの？」ルルデスが訊いた。

「空中支援も付けます」ホーヴァンは言った。「見失わないでしょう。当該飛行機よりもかなり高い高度のところを飛ぶので、そこにわれわれがいるのすら気づかないでしょう」

「で、彼が着陸したら？」エドガーが訊いた。

「気休めを言うつもりはない。スラブ・シティに到着したら、彼はひとりだけになる。だけど、われわれは近くで控え、合図があるのを待ち構える」

それでルルデスからの質問は終わった。ホーヴァンは本部長を見た。

「ダミーの運転免許証を作るのに使えるボッシュの写真をお持ちですか？」

バルデスはうなずいた。

「市警の身分証明書に使った写真がある」バルデスは言った。「それを手に入れるため、指令センターまでトレヴィーノ警部に案内させよう」

トレヴィーノはホーヴァンを案内するため立ち上がった。麻薬取締局の捜査官は、また連絡します、潜入捜査に向かう用意を整えて金曜日の朝に戻ってきます、と言った。

　ホーヴァンがいなくなると、全員の目がボッシュにふたたび向けられた。

「なんだい？」ボッシュは言った。

「考え直したほうがいいといまでも思っている」バルデスは言った。「少しでも再考の余地があるのなら、われわれは手を引くぞ」

　ボッシュはホセ・ジュニアとその世間知らずな勇敢さを考えた。

「いいえ」ボッシュは言った。「やりましょう」

「どうして、ハリー？」ルルデスが訊いた。「何年も何年も、自分の役割を果たしてきたじゃない。どうしてこれをやろうとするの？」

　ボッシュは肩をすくめた。こんなに注目を浴びるのが決まり悪かった。

「あの若者は、父親がやっていることをするための方法を学びに大学にいったんだと思う」ボッシュは言った。「そして卒業し、薬剤師の仕事をはじめたとたん、不正に気づいた。それに関するあらゆることを見聞きし、そして――驚くべきことに――彼は正しい行動をおこない、その結果、殺された。人は彼を愚かだとか、世間知らずだとか言うかもしれない。おれは彼をヒーローだと思う。それがおれの潜る理由だろう。おれはホーヴァン捜査官よりもはるかにサントスをつかまえたいんだ」

ボッシュは、いまや熱烈な注目を浴びていた。

「やつらがホセ・エスキベルにやったことは、けっして見過ごされてはならない」ボッシュは付け加えた。「もしサントスを捕らえるための最高の方法がこれなら、おれはそれをやりたい」

バルデスはうなずいた。

「オーケイ、ハリー、了解した」バルデスは言った。「それからわれわれはきみに百パーセント賛成だ」

ボッシュはうなずいて感謝を伝えると、テーブルの反対側にいる昔のパートナー、エドガーを見た。

エドガーもまたうなずいた。彼はおなじ船に乗ったのだ。

17

その日の午後、ハラーはリーガル・シーゲルとの面会を設定した。元刑事弁護士はランス・クローニンとその依頼人プレストン・ボーダーズを含むおおぜいの人間に死んだと思われていたが、フェアファックス地域にある老人ホームで生きていた。ボッシュは午後二時にそこの駐車場でハラーと落ち合った。ボッシュがリンカーンの前部座席から姿を現すハラーを見るのはまれな機会だった。弁護士の説明では、いま運転手がいない時期だそうだ。ふたりは老人ホームのなかへ進んだ。ハラーはブリーフケースを携えており、ビデオカメラも入っているが、ダウンタウンの〈コールズ〉で買ったフレンチディップ・サンドイッチをこっそり持ちこむ隠れ蓑にしているんだ、とボッシュに言った。

「ここはユダヤ教のコーシャ食品しか許されない施設なんだ」ハラーは説明した。

「外部から食べ物の持ちこみは認められていない」

「現場を押さえられたらどうなるんだ？」ボッシュは訊いた。

「さあな。一生出入り禁止かもしれない」

「で、彼は面談に快く応じてくれるのか？」

「応じると言ってた。いったん食べたら、話したくなるはずだ」

ロビーでふたりはデイヴィッド・シーゲルの担当弁護士とその調査員として記名した。それからエレベーターで三階にのぼった。ハラーの調査員として名前を記していると、ボッシュはふと思いだした。

「シスコはどうしてる？」ボッシュは訊いた。

デニス・〝シスコ〟・ヴォイチェホフスキーは、古くからのハラーの調査員だった。二年まえ、シスコと彼のハーレーは、ヴェンチュラ大通りで意図的な当て逃げに見舞われた。シスコは左膝の三度の手術を乗り越え、ヴァイコディン中毒になり、すっぱり手を切るまでに六ヵ月を要した。

「元気だよ」ハラーは言った。「とっても元気だ。仕事に復帰して、忙しくしている」

「シスコと話をする必要があるんだ」

「かまわん。なんの件かおれから伝えようか？」

「ヒルビリー・ヘロインに耽溺しているらしい友人がいるんだ。なにを探せばいいのか、なにをすればいいのか、訊きたい」

「じゃあ、あいつがうってつけだな。ここから出たらすぐ、あんたの代理で連絡しておこう」

ふたりは三階でエレベーターを降り、ハラーはナースステーションにいる女性に、依頼人のデイヴィッド・シーゲルを訪ねるので、しばらく部屋に入ってこないでほしいと告げた。ふたりは廊下を渡って、シーゲルの個室に向かった。ハラーは、上着の内ポケットからドアノブサインプレートを取りだした。そこには〝法律打ち合わせ――入室禁止〟と書かれていた。ハラーはボッシュにウインクすると、それをドアノブにかけ、ドアを閉めた。

壁掛けTVが、前年の大統領選挙におけるロシアの介入の件でおこなわれた下院議会調査に関するCNNの報道を大きな音で流していた。病院ベッドに背中を支えられた老人がそれを見ていた。彼は体重四十五キロもないくらいに見え、枕に置かれた頭のまわりを後光のように細い白髪が囲んでいた。ウィルシャー・カントリークラブの紋章が付いた古いゴルフシャツを着ていた。両腕は骨と皮でできているかのように細く、肌は皺が刻まれ、加齢による染みが散らばっていた。両手は力を失っているように見え、両腕の下できちんと胸までかけられた毛布の上で組み合わされていた。

ハラーはベッドにまわりこみ、寝たきりの男性の関心を惹こうと手を振った。

「デイヴィッドおじさん」ハラーは大きな声で呼びかけた。「やあ、こいつの音量を下げるよ」

ハラーはサイドテーブルからTVリモコンをつかむと、TVの音声を消した。

「いまいましいロシア人どもめ」シーゲルはつぶやいた。「あいつが弾劾されるところをこの目で見るまで生きていたいものだ」

「まるで本物の左翼みたいな調子だな」ハラーは言った。「だけど、そんなことが起こるとは思えないな」

ハラーはベッドにいる男性を振り返った。

「で、元気かい？」ハラーは言った。「ここにいるのはハリー・ボッシュ、おれの異母兄弟だ。まえに話したことがあっただろ」

シーゲルは潤んだ目をボッシュに向け、しげしげと眺めた。

「きみがそうか」シーゲルは言った。「ミッキーがきみの話をしてくれた。あるとき、きみが屋敷に来たと言っていた」

ボッシュは、シーゲルがマイクル・ハラー・シニアの話をしているのだとわかった。ボッシュの父親だ。ボッシュは一回だけ父親に会った。彼のビバリーヒルズにある屋敷で。父親は病気で、まもなく死ぬ運命にあった。ボッシュは東南アジアの戦争から帰国したばかりだった。その屋敷に入ったとき、五、六歳くらいの少年が家政婦といっしょに立っているのを見かけた。そのとき、ボッシュは少年が異母弟だとわかった。一ヵ月後、ボッシュは丘の中腹に立ち、自分たちの父親が地面に埋められるところを見つめていた。

「ええ」ボッシュは言った。「ずいぶん昔の話です」

「そうだな」シーゲルは言った。「わたしにとって、あらゆる事柄がずいぶん昔の話になっている。長く生きれば生きるほど、どれほど物事が変わるのか信じられなくなる」

シーゲルは音を消したTV画面のほうを弱々しく指し示した。

「百年経っても変わらなかったものを持ってきたよ」ハラーは言った。「ここに来る途中で〈コールズ〉に立ち寄って、フレンチディップを買ってきてあげた」

「〈コールズ〉はいい店だ」シーゲルは言った。「きみが来ると知っていたから昼食は食べなかった。起こしてくれ」

ハラーはテーブルから別のリモコンをつかみ、それをボッシュに放った。ハラーがサンドイッチを取りだそうとブリーフケースをあけているあいだ、ボッシュはシーゲルがほぼ座っている姿勢になるまでベッドの上半分を起こした。

「われわれは以前にお会いしています」ボッシュは言った。「会ったと言えるかどうか微妙なところですが。きょう、これからお話をする事件で、証言席にいたわたしにあなたは反対訊問をしたんです」

「もちろん」シーゲルは言った。「覚えている。きみはとても用意周到だった。検察側のいい証人だった」

ボッシュがうなずいてその評価への礼を伝える一方、ハラーは老人のシャツのあいた襟にナプキンを差しこんだ。それから膝の上にオーバーベッドテーブルを滑りこませ、シーゲルのまえにサンドイッチを置いて、包装をほどいた。スタイロフォーム製のタレ入れも蓋をあけ、おなじようにテーブルに置いた。シーゲルはサンドイッチの半分をすぐに手に取り、端っこをタレに浸すと食べはじめた。小さく囓りながら、味わっていた。

シーゲルがサンドイッチを食べ、昔日の思い出に浸っているあいだ、ハラーはブリーフケースから小型カムコーダーを取りだし、オーバーベッドテーブルにミニ三脚を立てて、そこに載せた。ハラーは撮影するフレーミングを見ながらテーブルを調整し、用意が整った。

リーガル・シーゲルがフレンチディップ・サンドイッチを食べ終わるのに三十五分かかった。

ボッシュは辛抱強く待ち、ハラーは老人に過ぎ去った日々の質問をして、これからのインタビューに備えさせた。ようやくシーゲルはサンドイッチの包装紙を丸め、食べ終えた。丸めた紙を部屋の隅にある屑籠に放ったが、ずいぶん手前に落ちた。ハラーはそのゴミを拾い上げ、自分のブリーフケースに仕舞った。

「用意はいいかい、デイヴィッドおじさん？」ハラーは訊いた。

「とっくに用意は整っている」シーゲルは言った。

ハラーはシーゲルのシャツの襟元からナプキンを引っ張って外し、再度カメラを調整してから、録画ボタンに指を置いた。

「よし、さあはじめよう」ハラーは言った。「おれを見て、カメラじゃなく」

「心配するな、わたしが法律の仕事をしていた当時もビデオカメラはあったんだぞ」

シーゲルは言った。「わたしはそこまで過去の遺物じゃない」

「ひょっとしたら練習不足じゃないかと思っただけさ」

「けっしてそんなことにはならん」

「オーケイ、では、はじめよう。三、二、一、録画開始」

ハラーはシーゲルを紹介し、日付と時刻、インタビュー場所を口にした。カメラはシーゲルにのみ焦点を結んでいたものの、ハラーは自己紹介をおこない、ボッシュの紹介もした。そののち、ハラーはインタビューをはじめた。

「シーゲルさん、あなたはロサンジェルス郡で何年法律を実践していましたか？」

「ほぼ五十年だ」

「あなたは刑事弁護を専門にしていた？」

「専門？　それが仕事のすべてだった、そのとおり」

「あなたがプレストン・ボーダーズという名の人物の代理人を務めていた時期はありましたか？」

「プレストン・ボーダーズは、一九八七年後半に殺人罪での起訴を受け、その弁護にわたしを雇った。裁判は翌年にはじまった」

ハラーは順を追って、裁判手続きの進行をシーゲルに説明させた。まず起訴が有効かどうかを決定する予備審問があり、次に陪審審理へと移る。ハラーは注意深く、裁判手続きの内部での話し合いに関する質問を避けた。そこは弁護士依頼人間の秘匿特権に守られたやりとりだったからだ。いったん、裁判の内容が有罪評決とその結果としての死刑判決にまとめられると、ハラーは現在の時点に移行した。

「シーゲルさん、ほぼ三十年経ってから、あなたの元の依頼人のため、有罪判決を無効にする新たな法的努力がはじまっているのをご存知ですか？」

「知っておる。きみが知らせてくれたんだ」

「その法的書類提出に際して、裁判中、あなたに偽証をそそのかされたとボーダーズ氏が主張しているのをご存知ですか？　あなたたちふたりとも真実ではないとわかっていた事柄について証言するようにと彼に言って」

「ああ、それも知っておる。今風の言い方では、あの男はわたしをバスの下に投げこんだのだ（自分の利益のため、他人を犠牲にする、裏切るという意味）」

シーゲルの声は怒りをこめたはりつめたものになった。

「具体的に言うと、ボーダーズ氏は、タツノオトシゴのペンダントをサンタモニカ埠頭で購入したという宣誓したうえでの証言を自分にさせたのはあなただと主張しています。あなたはその証言をボーダーズ氏にさせたのですか？」

「断じてしておらん。もしボーダーズが嘘をついたのなら、それは彼が自分で考え、自分でやったのだ。実を言うと、わたしは裁判でボーダーズに証言させたくなかった。だが、彼は証言すると言って聞かなかった。わたしは選択の余地がないと感じて、彼に証言させ、その結果、自分の言葉で死刑囚房に入る羽目に陥ったのだ。陪審はボーダーズの言葉を一言も信じなかった。評決のあと、何人かの陪審員と話をしたんだ。彼らはそうだと打ち明けてくれた」

「この事件の捜査責任者であった刑事があなたの依頼人に濡れ衣を着せようとして、彼の自宅にタツノオトシゴのペンダントを仕込んだという主張を含んだ弁護をおこなおうとこれまでに考えたことはありますか？」

「いや、考えてない。この事件を担当する刑事ふたりを調べてみて、彼らの清廉潔白さに異議を唱えるというのは、取り得る手ではなかった。われわれはそんな選択をしようとしなかった」

「きょう、わたしが外部からの圧力を受けずに、自由にインタビューするのをあなたは許可しましたか？」

「わたしが自分から進んで応じたのだ。わたしは年寄りだが、一言の断りもなく、わたしと四十九年間の法曹界でのキャリアの誠実さを中傷されてたまるものか。クソッタレ《ファック》」

ハラーはきわどい言葉が出てくるとは予想せず、カメラから体を離した。サウンドトラックに笑い声が入らないように努める。

「最後の質問です」こらえながら、ハラーは言った。「本日、このインタビューに応じた場合、カリフォルニア法曹協会からあなたに捜査が入り、制裁を受ける可能性があると理解されていますか？」

「向こうが望むならやってきて、わたしをつかまえるがいい。わたしは一度も戦いを怖れたためしがない。あいつらはわたしが送った死亡記事を信じて、記事にするほど頭が悪い。来るがいいさ」

ハラーは手を伸ばし、録画を止めた。

「とてもよかったですよ、デイヴィッドおじさん」ハラーは言った。「役に立つと思います」

「ありがとうございます」とボッシュ。「役に立ちますよ」

「いまも言ったように、クソッタレだ」シーゲルは言った。「戦いを望むなら、戦いが待っている」

ハラーはカメラを片づけはじめた。

シーゲルは首を少し動かして、ボッシュを見た。

「あの裁判にいたきみを覚えている」シーゲルは言った。「きみが真実を話し、それでボーダーズは終わりだったな。知ってるかね、四十九年のあいだにわたしの依頼人で死刑判決を受けたのはボーダーズだけだ。そしてそれに対してわたしは一度も気の毒に思わなかった。あの男はいて当然の場所にいたんだ」

「まあ」ボッシュは言った。「うまくいけば、あいつはこれからもそこに留まりつづけるでしょう」

二十分後、ボッシュとハラーは駐車場のそれぞれの車の横に立っていた。

「で、どう思う？」ボッシュは訊いた。

「先方は、ちょっかいを出す相手としてはまちがった弁護士を選んでしまったんだろうな」ハラーは言った。「あの〝クソッタレ〟のくだりはよかった」

「ああ。だが、先方は彼が死んでいると思っていた」と、ボッシュ。

「次の水曜日、連中はカチコチのウンコをして苦しむ羽目に陥る、それは確実だ。できればこのことを秘密にしたままでいられたらいいんだが」

「なぜ秘密にできそうにないんだ？」

「当事者適格に関わるからだ。おれはあんたを訴訟参加者として申請するつもりだ。検事局はおそらく反対するだろう。あんたが本件の主役であると申し立てて。もしおれがその戦いに負けたなら、ドアを通り抜けるため、リーガル・シーゲルの代理人として申請する羽目に陥るかもしれない。われわれに必要なのはそれなんだ。われわれの主張を述べるためにドアに足をはさむことだ」

「判事はあのインタビューを裁判で開示するのを認めると思うか？」

「少なくとも一部を見るだろう。わざと簡単な材料からはじめる。クローニンとケネディに取るに足りないものだと思いこませる。すると――ドーンッ――おれは偽証に関する質問をする。それは弁護士依頼人間秘匿特権の問題になるので、インタビューの一部を見ようという展開になる。それまでに判事が少しは興味を持ってくれて、全部見たいと言ってくれたらいいんだが。判事を調べてみた。そこは幸運だった。ホートン判事は、判事になって二十年、そのまえ二十年も弁護士をしていた。つまり、リーガルが現役だったときに判事も法曹界にいたわけだ。判事がご老体にチャンスを与え、インタビューを聞いてくれるのを期待している」

「おれは永年、数多くの事件の裁判をホートン判事担当で経験している。彼は物事の全容を知るのを好む。リーガルが言わなければならない意見を聞きたがると思う。ボーダーズはどうだ？　この件であいつは証言するだろうか？」

「どうだろうな。そんな手に出れば失敗になるだろう。だけど、ボーダーズは審問に出席する。われわれがリーガル・シーゲルをビデオ画面に出したときのあいつの顔を見てみたい」

ボッシュはうなずいた。こんなにも歳月が経ったあとで自分自身、ボーダーズとふたたび顔を合わせることについて考えた。あの男がどんな様子をしているのかさっぱりわからないと気づいた。心と記憶のなかで、ボーダーズは刺すような目つきをした怪しげな姿をしていた。想像のなかで、ボーダーズは化け物のようなでかさに膨れ上がっていた。

「あんたにはもう一段階仕事に力を入れてもらう必要がある」ハラーが言った。

「どうしてそういうふうになる？」ボッシュは問いかけた。

「われわれが手に入れているものは、優れているが、充分なほど優れているわけじゃない。われわれにはあんたがいる、リーガル・シーゲルがいる、問題のＤＮＡをクローニンが所持していた可能性もつかんだ。だが、もっと必要だ。今回の不正工作の全体像が必要だ。まさにそれなんだ。あいつらは無実の人間に罪をなすりつけて、あんたを罠にはめようとしている」

「おれはそれに取り組んでいるよ」

「じゃあ、もっと力を注いでくれ、兄弟」

ハラーは車のドアをあけ、出発の用意をした。

「シスコに電話をさせるようにするよ」ハラーは言った。

「感謝する」ボッシュは言った。「えーっと、それから、二、三日、おれからの連絡がなくなるかもしれない。サンフェルナンドの事件でやらなきゃならない仕事があるんだ。たぶん、連絡がつかないと思う」

「なんの事件だ？　こっちをあんたの抱える唯一の事件にすべきだ。最優先事項だ」

「わかってるが、こいつも待たせられないものなんだ。おれが担当してきた事件だ。不正工作の方法を突き止める。そうしたらうまくいくだろう」

「それはどうかな、〝ホーム・フリー《ホーム・フリー》〟というのは。あまり長いあいだ家《ホーム》を空けないでくれよ」

ハラーは車に腰を入れ、ドアを閉めた。ボッシュはハラーがバックで出ていき、走り去るのを見つめていた。

18

ボッシュはサンフェルナンド事件に関して、ベラ・ルルデスと取り決めをした。ボッシュが個人的な用事の処理と潜入捜査任務の準備のため、市警の任務から外れているあいだ、ルルデスと刑事チームの残りのメンバーは捜査のあらゆる道筋の追求をつづけ、金曜日の作戦行動の準備をする。その取り決めによってボッシュは、ハラーが命名した〝ボーダーズ不正工作〟を調べ、同時にホーヴァンが手配したＤＥＡ潜入捜査訓練チームとの打ち合わせをおこなうための丸一日半の時間ができた。

ボッシュはハラーと話をしたあと、最初からボーダーズに焦点を合わせていたのは間違っていたかもしれないと気づいた。ボーダーズが死刑囚房にいる羽目になった犯罪をおこなっていたのは事実だとわかっているがゆえに、ボッシュは不正工作の出所がボーダーズであるとみなした。ボーダーズは悪事をおこなう人間であり、モンスターである。だから、これはすべて彼の狡猾なオーケストレーションであり、司法制度を操り、合法的手段によって刑務所から脱出しようとする最後の試みなのだ、と。

だが、いまやその考えがまちがっているとボッシュは理解した。出発点はランス・クローニンなのだ。あの弁護士が今回の件のあらゆるステージの中心だった。良心の呵責に耐えかね、当局に誤審を知らせただけの弁護士の役をみずからに割り当てる一方、地区検事局とロス市警、そしておそらくはボーダーズ本人も操っていたのはクローニンであるのがいまや明らかだった。

リーガル・シーゲルの老人ホームの外に停めた車に座ったまま、ボッシュはステアリングホイールに手首を乗せ、指でダッシュボードをトントン叩きながら、次の動きについて考えた。慎重にやらねばならない。もしボッシュが指揮する捜査の動きに少しでもクローニンが勘づいたら、あの弁護士は判事と地区検事のところに駆けつけ、脅迫されていると主張するだろう。はじめの一歩をどうするか、まだ定かではなかったが、事件の筋道理解に行き詰まっているのに気づいた場合、ボッシュは、ドア破り装置《バッテリング・ラム》方針を採用するのがつねだった。一歩退いてから、すばやくまえに進み、それまでに判明した事実の勢いで行き詰まりの突破を期待するのだ。

ボッシュは、そもそもの発端に戻った。すなわち、クローニンはどうやれば不正工作を画策し、遂行できたのか。ルーカス・ジョン・オルマーの死が端緒だったはずだ、とボッシュは判断した。そこからボッシュは自由連想をはじめた。事件の既知の事実を、未知の事柄とのあいだの中継地点として利用しながら。

依頼人のオルマーが刑務所で死んだという連絡をクローニンが受け取ったときからはじまったのだ、とボッシュは結論づけた。そのとき、クローニンはなにをしたのか？　ファイルのスペースを空け、オルマーに関して何年ものあいだに集めてきたすべての資料をアーカイブに送る？　自分の過去の仕事を最後に一目見たのだろうか？　理由はどうあれ、クローニンはファイルを見直し、採用されなかった戦略を思いだした――レイプ事件で採取され、オルマーのものであると確認された精液だ。判事は警察のラボにその遺伝物質をクローニンが選んだ民間ラボとわかちあうよう命じた。精液はその民間ラボに送られ、検査されたか、されなかったかにかかわらず、そこがその遺伝物質の在処に関する最後の記録だった。

ボッシュは検討をつづけ、いろんなピースをひとつにまとめた。依頼人死亡に伴い、クローニンは民間ラボに連絡し、遺伝物質の返却を求めた可能性がある。依頼人が亡くなり、事件が結着し、弁護士はやりかけの仕事を全部片づけようとした。クローニンの元に遺伝物質が到着し、その利用法を考える必要があった。

クローニンの目的はなんだろう？　金を稼ぐことか？　ボッシュはそうだと思っ

た。いつだって金がからむものだ。現在問題になっている事件では、ボーダーズは不当な有罪判決に対する賠償金として数百万ドルを市からもらえる立場にいた。交渉を仲介する弁護士には、その三分の一くらいが手に入るだろう。

進化する事件仮説に戻ると、ボッシュは、クローニンが古くからのオルマーの代理人であり、それゆえにだれよりもこのレイプ犯とその活動に関する知識を持っているはずだ、とわかっていた。クローニンは古い時代のロサンジェルスに戻り、新聞のアーカイブを漁って、目的に合致する事件を探した。DNA証拠がもたらされる前の事件を。DNAを口実に利用できる事件を。

そして、クローニンはプレストン・ボーダーズに出くわした。主に情況証拠に基づく主張の根拠で殺人事件の犯人とされた人物。唯一の物証は、タツノオトシゴのペンダントだった。連続レイプ犯のDNAをボーダーズ事件に落とせば、爆弾を爆発させたようになるだろう、とクローニンはわかっていた。タツノオトシゴのペンダントを排除すれば、DNAは死刑囚房の扉をあける黄金の鍵になるだろう。

ボッシュはこの見立てを気に入った。いまのところうまくいっている。だが、この計画上、協力してくれる存在としてまずボーダーズを手に入れられなければ、クローニンはその先へ進まなかったはずだ。

もちろん、それは説得が難しいものではなかっただろう。ボーダーズは死刑囚房にいて、上訴権は尽き、最近の州規模の投票で、死刑判決が出た裁判の最終段階をスピードアップさせる案に過半数が賛成している以上、自分の持ち時間はどんどんなくなってきていた。クローニンが姿を現し、七桁、ひょっとしたら八桁のチェーサー付きで監獄から出られる可能性のカードを提供する――刑務所と死刑囚房から歩いて出て、ロサンジェルス市にあなたのトラブルに対する賠償金を払わせるんです。「おれは遠慮する」と、ボーダーズは言うだろうか？

自分の仮説を部分的に確認する方法がある、とボッシュは気づいた。シートに手を伸ばし、ボーダーズの事件ファイルを置いたところに触れた。書類束のゴムバンドで留められた上半分を手に取り、すばやくめくってクローニンがＣＩＵに送った手紙にたどり着く。この手紙が不正工作の公的な出発点だった。ボッシュの興味があったのはその日付だった。手紙がクローニンによって送られたのは、まえの年の八月だった。不正工作の小さな証拠を手に入れたとボッシュは気づいた。ジェリコ巡査は、クローニンがまえの年の一月から毎月第一木曜日にボーダーズに面会に来ていたと言っていた。

クローニンはサンクエンティンに出かけ、ボーダーズと何度も打ち合わせをしたのち、地区検事局にあの手紙を送ったのだ。もしそれが謀略の形成と不正工作の計画を示さないというのなら、いったいなにが示すのだろうか。

　来週の審問で立証できうる結びつきを見つけたのに高揚し、ボッシュはドア破り装置を高速で動かした。壊すべきブロックは、依然計画の応用だった。ボッシュはクローニンとボーダーズを結びつけた。オルマーのDNAをクローニンは所有していただろうというところまで推定できた。第三段階が必要だった。計画の実行方法だ。

　ボッシュは可能性をふたつにわけることにした。両者をわけるものは、タプスコットが撮影した、ルシア・ソトによる証拠保管箱開封ビデオだった。おそらくロス市警の資料保管課の棚に永年にわたって手をつけられることなく保管されていたものだ。

　もしソトが箱を開封したとき、仕込まれた証拠がすでになかに入っていたとしたら、その仕掛けは事前におこなわれたはずだ――クローニンが一月にボーダーズに会いにサンクエンティンに出かけたときから、八月に地区検事局に手紙を送ったときまでのあいだに、計画についてボーダーズとなんらかの合意に達した可能性が高い。その期間はかなり長く、現実的には、保管箱にアクセスした可能性のある人間を特定するには、ソトの協力が必要だろう、とボッシュはわかった。

　フットボール競技場ほどの大きさがある場所で、資料保管課は厳重に監視され、アクセスするにはいくつもの段階の書類が必要だった。身元を保証された民間人従業員の一団が職員となり、警察の警部の現場監督の下で働いていた。

証拠へのアクセスは法執行機関職員に限定されていた。警察職員は、あらゆる要請をするにあたり正規の身分証明書と親指の指紋の提示が必要だった。証拠閲覧エリアには監視カメラがあり、二十四時間年中無休で作動していた。

もしタプスコットとソトが資料保管課から証拠保管箱を取り戻したあとで遺伝証拠が仕込まれたとすれば、それが起こりえた場所が一連の証拠のやりとりの過程で数多く存在する。ふたりの刑事は、証拠保管箱の中身を、検査と分析のため、カリフォルニア州立大学ロサンジェルス校の血清学部門に直接持参しただろう。それにより検査される着衣にアクセスできたかもしれない大勢のラボの技師が出てくる。だが、数多くのできたかもしれないをクリアする必要がある。こうした場合、担当する技師はランダムに割り当てられ、手順やDNA部門の人員に対して、意図的であろうとなかろうと、証拠の損傷や二次汚染や改竄《かいざん》がおこらないようにする、いくつもの無謬性チェックがあった。犯罪捜査手続きにおいてDNAが利用される黎明《れいめい》期には、DNA科学と手順があらゆる角度から頻繁に攻撃されたあまり、無謬性のファイヤーウォールがラボをほぼなにものも侵入できないほどにさせた。方程式のこちら側に手を入れられた可能性はとても低い、とボッシュはわかっていた。

ふたつの可能性を考えれば考えるほど、不正工作がラボで起こったというのはありえないとボッシュは思った。ここの案件への技師のランダムな割り当てだけでも、その可能性を低めていると思えた。クローニンが不正を働く技師を手に入れたというありえない出来事が起こったとしても、自分の技師にその案件を確実に担当させる手段はクローニンにないように思えるし、ましてや、ダニエル・スカイラーのパジャマにDNAを仕込む機会を得られるわけがなかった。

ボッシュは証拠保管箱の件に何度も戻り、タプスコットのカメラに撮影されながらソトが封印を切り、開封するまえに工作がなされた可能性を考えつづけた。そのときのビデオ映像が入っている使い捨て携帯を取りだし、もう一度、箱の開封場面を見た。ソトが封印を切り、箱の蓋をひらいている場面で、封印は元のままのようだった。どこもおかしなところは見えず、それがまたしてもボッシュを困惑させた。

ソトにショートメッセージを送り、彼女が保管庫の天井カメラを調べたかどうか、それを見せてほしいと頼んだかどうか訊こうとボッシュは考えた。だが、そんなことをすれば、こちらの行動に疑念を抱かれる可能性が高かった。また、ソトを怒らせもするだろう。結局のところ、ソトが箱をあけるところをタプスコットが撮影したのは、ふたりの刑事が、箱の封印が破られていないのをビデオで裏付けたかったからだ。

天井カメラの映像を要求せずにすむ手段として、彼らは自分たちの手で開封プロセスを撮影した。いまになってボッシュのために彼らが天井カメラの映像を入手することに興味を抱くというのは、ありそうになかった。証拠をいじった形跡はなく、オルマーのＤＮＡは初日からパジャマに付着して保管箱のなかにあったと彼らは満足してしまった。

ボッシュはもう一度ビデオ映像を見た。今回は、ソトがボックスカッターを使って、封を切り裂いているあいだ、映像に集中できるようタプスコットのコメントを聞こえないようにした。その途中で、正規に使っている携帯電話がポケットのなかで鳴り、ボッシュは再生を一時停止させると、使い捨て携帯をセンター・コンソールのカップホルダーに落とした。自分の携帯電話を取りだし、そこに表示されている番号に見覚えはなかったが、とにかく電話に出た。

「もしもし？」

「ハリー・ボッシュかい？」

「そうだ」

「シスコだ。あんたがおれと話をしたがっているとミッキーから聞いた」

「ああ、最近どうだい？」

「元気でやってるよ。なんの用だ？」

「ある用できみと会って、相談したい。秘密の内容だ。直接会って面と向かって話をしたい」

「あんたはいまどこでなにをしてるんだ？」

「えーっと、フェアファックス・ハイスクール近くの駐車場にいる」

「おれはそんなに遠くないところにいる。〈グリーンブラッツ・デリ＆ワイン〉の二階は、いまの時間だととても静かだ。そこで会わないか？」

「ああ、そこへ向かえるよ」

「なんの件なのかヒントだけでもくれないか？」

おたがいいっしょの場にいた経験が数回あったが、毎度、低いレベルであったものの、ボッシュは軋轢を感じていた。弁護側で働いている者と検察側で働いている者とのあいだのよくある敵意だと、ボッシュは心に留めていた。それに加えて、ハラーに雇われるまえから、シスコはロード・セイント団と誼《よしみ》を通じているという事実がある——警察の見方では、その集団は、バイク・ギャングであり、メンバー独自の見方では交流クラブだった。また、そこには若干の嫉妬心もあった。シスコのボスは、ボッシュと血のつながりがあり、それがシスコには持ち得ない独特の親しさをふたりに与えていた。いつかボッシュがハラーの刑事弁護の調査員として自分に取って代わるのではないか、とシスコが不安を覚えているかもしれない、とボッシュは思った。ボッシュの心のなかでは、それはありえない事態だったが。

ボッシュはヒント以上のものを相手に伝えようと決めた。

「高機能オキシコドン中毒者としての潜入捜査の手伝いをしてほしいんだ」

いったん間があってから、シスコが答えた。

「ああ」ようやくシスコは言った。「おれならそれができる」

19

十五分後、ボッシュはサンセット大通りの〈グリーンブラッツ〉の二階にある食事スペースのブースに座って、コーヒーをチビチビ飲みながら、使い捨て携帯で音声を消したビデオ映像を再度見ていた。店内には、部屋の反対側にある別のテーブルを除いて、ほかに客はいなかった。

木の階段をゆっくりと一歩ずつのぼってくる重たい足音がボッシュの耳に届いた。ボッシュがビデオを一時停止させたところ、まもなくシスコが姿を現した。シスコは鬼のように体を鍛えた大男で、いつものように黒いハーレーのTシャツを着ており、そのシャツは筋肉質の胸と力こぶでパンパンに膨れ上がっていた。白髪をポニーテールでうしろで縛り、黒いレイバン・ウェイファーラー・サングラスをかけていた。炎模様がペイントされている黒い杖と巻き付け式膝サポーターのようなものを携えている。

「やあ、ボッシュ」そう言って、シスコはブースに滑りこんできた。

ふたりはテーブル越しに拳を打ち合わせた。

「シスコ」ボッシュは言った。「ここまでのぼってこなくてもすむように一階で会えたのに」

「いいや、ここは静かだし、階段は膝にいい」

「具合はどうなんだ？」

「まったく問題ない。バイクには乗っているし、仕事にも戻った。文句を言うなら、朝、ベッドから下りるときだな。そのときは、膝がクソッタレ《マザーファアッカー》みたいにまだ痛むんだ」

ボッシュはうなずき、シスコが持ってきた物を身振りで指し示した。

「それはなんだい？」

「あんたの変装道具だ。どちらもあんたに要るものだ」

「話してくれ」

「薬局行脚をしたい、そうだろ？　処方箋を積み重ねる。中毒者がやるのがそれだ」

「ああ、そうだ」

「おれはそれを一年やった。一度も門前払いをくらわなかったぜ。関連のある場所へいくと、連中はほかのだれもとおなじように金を稼ぎたいんだ。連中はあんたを追い払うつもりはなく、納得したいと思っている。膝サポーターを巻き——かならずズボンの上から巻くんだ——杖を突いていれば、なんの問題も生じない」

「それだけか？」

シスコは肩をすくめた。

「おれの場合はうまくいった。五千ドルでラ・ハブラの悪徳医師から処方箋用紙を買ったんだ。全部の紙の署名欄にそいつのサインを書かせた。残りの記入は自分でやった。必要な項目を埋めると、イーストLAにあるパパママ薬局《ファルマシア》を訪ねまわった。六週間で千錠以上が溜まった。それはおれが自分でやった取引だ。その錠剤が切れると、おれは奮起し、鎮痛剤中毒に打ち勝とうとした。そして、打ち勝った」

「打ち勝ってくれて嬉しいよ、シスコ」

「まったくだ。おれも嬉しい」

「じゃあ、退役軍人省からはなんのサポートもなかったのか？」

「あいつらはクソだ。そもそも、退役軍人省病院の医者どもが、手術のあとおれを鎮痛剤中毒に引きずりこんだんだ。そのあとでおれを放りだしやがった。おれはラリった状態で娑婆に出て、仕事を失うまいと、妻を失うまいと必死になった。退役軍人省病院なんてクソ食らえ。おれは二度とあそこには戻らん」

その話はボッシュには驚くようなものではなかった。病気の流行のようにはやっている話だった。

人は痛みを感じるようになると、その痛みを殺し、恢復したいとひたすら願う。すると、彼らは中毒にかかり、処方箋で認められている以上の鎮痛剤を求めるようになる。サントスのような人間がそこにつけこみ、もう引き返せない。

「錠剤が切れたとき、どうしたんだ？」

「缶切りを買った」

「なんだって？」

「缶切りと三十日分の糧食を買った。それから友人にトイレ付きの窓のない部屋に入れてもらい、ドアに釘を打ってもらった。友人が三十日後に戻ってきたとき、おれはクリーンになっていた。二度とあの薬は飲まない。歯を抜くことになってもけっして鎮痛剤は飲まん」

ボッシュはその話の最後にうなずくしかできなかった。ウエイトレスがやってきて、シスコはアイスティーと、ニンニクのピクルスを四分割したものを頼んだ。

「それだけでいいのか？」ボッシュは訊いた。「昼飯をおごるぞ」

「いいや、これでいい。ここで出されるこのピクルスが好きなんだ。塩ニンニクが。もうひとつ大事なのは、アイコンタクトをしないことだ。薬局では。うつむいたまま、処方箋と身分証明書を渡し、けっして目を合わせない」

「わかった。おれが世話になる連中はメディケア・カードもくれるそうだ」

「もちろんそうだろう、莫大な金を払わずにすむ。ぜんぶ政府のツケにするんだから」

ボッシュはうなずいた。

「なぜ潜入なんてするのか、教えてもらえないか？」シスコが訊いた。

「ある事件を調べている」ボッシュは言った。「サンフェルナンドでふたりの薬剤師が殺された。父親と息子だ」

「ああ、その事件の記事は読んだ。ひどく危険な連中のようだな。応援の人間はいるのか？　いまならおれは空いてるぜ」

「いる。だが、その申し出には感謝する」

「ブラック・ホールに入ってるみたいなもんだった。おれはあれがどんなものなのか知っている。なんだってできるかぎりの手を貸すよ」

ボッシュはうなずいた。ロード・セイント団、シスコのバイク〝クラブ〟は、かつてクリスタル・メスの主要な密造人兼売人の容疑をかけられていた。中毒者に鎮痛剤と同様の破壊的な結果をもたらすドラッグだ。ウエイトレスがアイスティーとスライスされたピクルスを運んできてくれたおかげで、ボッシュはシスコの申し出の皮肉な点を話題にせずにすんだ。シスコは皿からピクルスの一切れを手に取り、口に放りこむと二度咀嚼した。ウエイトレスがその料理を運んできたとき、ボッシュは携帯電話をテーブルからどかし、その拍子に、画面をアクティベートしてしまった。シスコは濡れた指で画面を指し示した。

「それはなんだ？」シスコは訊いた。

画面には、証拠保管箱にカッターをあてているソトの映像が一時停止して表示されていた。ボッシュは携帯電話を手に取った。

「なんでもない」ボッシュは言った。「別の事件がらみだ。きみを待っているあいだに謎を解き明かそうとしていたんだ」

「ミッキーと取り組んでいる件か？」シスコが訊いた。

「ああ、そうだ。だが、法廷に持っていけるようになるまえに解決しなければならないことがある」

「見てもいいか？」

「いや、これはある種、当事者間だけのものなんだ。見せるわけには――いや、そうだな、見てもらってもいいか」

ボッシュは封印された保管箱の件になると自分が藁をもつかみたい状態になっているのに気づいた。

ひょっとしたら新鮮な目で見れば、新鮮なアイデアが浮かぶかもしれない。

「刑事が古い証拠保管箱を開封しているビデオなんだ。証拠をいじっていないことを証明するために動画で撮っている。だれも手を加えていないと証明するために」

ボッシュはビデオの最初から再生をはじめ、携帯電話をテーブルに置き、シスコからちゃんと見えるよう向きを変えた。室内の反対側で食事をしているふたり連れが文句を言わないよう願いながら、消音も解除した。

シスコは身を乗りだし、画面を見つめながら、ピクルスをさらに一切れ食べた。再生が終わると、シスコは背を伸ばした。

「どこもおかしくないように見えるな」シスコは言った。

「いじられていないように見えるってか？」ボッシュは訊いた。

「そうだ」

「ああ、おれの見立てもそうだ」

ボッシュはテーブルから携帯電話を手に取り、ポケットに仕舞いこんだ。

「そいつはだれだ？」シスコが訊いた。

「彼女のパートナーだ」ボッシュは言った。「彼が自分の携帯電話で撮影し、ナレーションを入れた。あまりにしゃべりすぎていたな」

「いや、もうひとりだ。見ているやつだ」

「見ているってだれが？」

「携帯を貸してみろ」

ボッシュはまた携帯電話を取りだし、ビデオを再生させると、テーブル越しに手渡した。今回、シスコは携帯電話を掲げ持ち、ピクルスの漬け汁のついた指を再生ボタンの上に翳した。ボッシュは待った。シスコはやがて画面を何度か指で叩いた。

「おいおい、停まれ。クソ。戻さないと」

シスコは携帯電話画面を操作し、ふたたび再生させると、もう一度、再生／停止ボタンを押した。

「こいつだ」

シスコは携帯電話をボッシュに手渡し、ボッシュはすばやく画面を見た。シスコが到着したとき一時停止させたのとほぼおなじ地点だった。ソトが箱の上部の縦方向の継ぎ目に沿って、封印を切っているところだった。ボッシュはシスコがなにを言っているのか訊ねようとしたとき、背景に映っている顔に気づいた。それにボッシュは驚いた。以前に気づいていなかったからだ。だが、何者かが証拠品点検室の外からソトを見ていた。隣の部屋にいる何者かが、証拠品カウンターに身を乗りだして、なかを覗きこんでいた。

このビデオ映像を以前に見たときは、ボッシュは証拠保管箱の封印の完全な状態を確かめるのに集中するあまり、映像のフレームの境界あたりに目を向けなかった。いま、ボッシュは見た。ソトとタプスコットがやっている作業に興味を抱いたカウンターにいる男がふたりの様子を見ようと身を乗りだしていた。

ボッシュは男に見覚えがあったが、すぐには名前が浮かばなかった。ロス市警に勤務していた最後の数年間、ボッシュは未解決事件を担当しており、新しい手がかりを求めて古い証拠を見るため、頻繁に資料保管課に出かけていた。画面上の男は、ボッシュのために何度となく保管箱を引きだしてくれたが、短い役人的な関係のひとつであり、けっして「調子はどうだい？」と気軽に問いかけるような関係にならなかった。男の名は、バリーかゲリーか、だいたいそんな感じだったと思った。

ボッシュは携帯電話から顔を上げ、シスコを見た。

「シスコ、きみはいまハラーのためになにか仕事をしているだろうか？」

「あー、いや。あいつがおれを必要とするまで待機中といったところだ。さっきも言ったように、いまのところおれはフリーだ」

「よかった。きみに頼みたい仕事がある。ハラーとやる予定の件と関係しているので、問題にはならないだろう」

「おれはなにをすればいい？」

ボッシュはシスコに画面が見えるように携帯電話を掲げた。

「この男が見えるよな？　こいつについて知るべきことがあればそれを全部知りたいんだ」

「こいつは警官か？」

「いや、資料係官と呼ばれている民間人職員だ。ダウンタウンにあるパイパー・テックの資料保管課に勤務している。彼は午後五時に退勤し、ヴィンズ・ストリートにある警備員小屋のまえを通る。フリーウェイのガード下に待機しておけば、彼が車の窓を下げ、カードキーを出入り口ゲートに通すときに顔を見られるはずだ。そこから尾行してくれ」

「あんたが払うのか、それともミックか？」

「どちらでもいい。おれが払うか、ハラーが払い、おれに請求するかのどちらかだ。おなじ案件の一部なんだ。ここの打ち合わせが終わったらすぐ彼に連絡する」

「いつからはじめさせたい？」

「たったいまからだ。自分でやりたいところだが、この男はおれを知っている。おれが尾行しているのに気づかれたら、なにもかも台無しになってしまうだろう」

「わかった、こいつの名前はなんだ？」

「思いだせないんだ。彼はおれを見たらすぐわかる——おれがロス市警にいたころの知り合いだ。もし彼が今回の件に加担しており、おれを見かけたなら、内密に探っているのがバレてしまうだろう」

「わかった。調べてみる」

「彼が自宅に戻ったらおれに電話してくれ。それなら、もう出かけてもらわないと。ダウンタウンに向かう渋滞に捕まってしまうぞ」

「渋滞中の車線のあいだを抜ける走行《レーンスプリッティング》で進むさ——だからおれはハーレーに乗っている」

「ああ、わかった」

シスコはピクルスの最後の一切れを食べ終え、ブースからのっそりと出た。デリカテッセンの裏にある駐車場からシスコはハーレーにまたがって走り去り、ボッシュは彼からの連絡を待つため、自宅へ向かった。自宅に到着してボッシュが最初にしたのは、使い捨て携帯電話から本来の携帯電話に例のビデオ映像をショートメッセージに添付して送ることだった。そののち、自分に電子メールで送り直し、はじめてノートパソコンの十三インチ画面でビデオ映像を見た。

証拠保管箱の開封作業をあらためて詳しく眺めながらも、一時的に捉えられたソトが封印ラベルを切っているのを注視している人物に目が惹きつけられた。大きめの画面では、男の表情がより鮮明に見えたが、好奇心から見ているのか、あるいはなにかほかの意図があって見ているのか、読み取れなかった。

シスコが発見したものに対する昂奮が徐々に失望に取って代わられはじめた。自分たちは行き止まりを追いかけていると思い、ボッシュは最初の疑問に立ち戻った――どうやってクローニンは証拠保管箱にＤＮＡを仕込んだのだ？

ボッシュはコンピュータから離れ、シスコからもらった杖と膝サポーターを娘の寝室へ持っていった。室内はシンと静まり返っていた。娘はもう何週間もＬＡに戻ってきていない。ボッシュはベッドに腰掛け、ズボンの上から左膝にサポーターを巻き、バックルとストラップできつく留めた。それから立ち上がり、部屋の真ん中まで足をひきずりながら歩いた。そこからだとドアの裏に取り付けてある等身大の鏡に自分の姿を映せた。

右手で杖を持ち、ボッシュは鏡に向かって歩いた。サポーターが膝の可動性を限定する。その抑制に逆らうようにして、歩く練習をした。実際に怪我をしている人間として自分を売りこみたくはなかった。むしろ、怪我をしているフリをするために小道具を使っている男になりたかった。

そこに差異がある。その差異に、完璧な鎮痛剤の受け子になる秘訣があった。

やがてボッシュは家のなかを動きまわり、サポーターと杖を使って、左右に体を揺らしながら進む足取りを使えるようになった。潜入捜査中に発揮できる最大限の動きはこんなものだろう、とボッシュは考えた。そんななか、裏のデッキに出ようとしたとき、杖のゴム製の石突きが引き戸のレールにたまたま入ってしまった。杖が一瞬はさまり、ボッシュは手首を捻って、外そうとした。曲がっている取っ手が杖の柄から回転して弛んだのを感じた。壊したかもしれないと思い、取っ手をよく見ると、カーブした部分のすぐ下に継ぎ目があるのが見えた。柄をつかみ、引っ張ると、抜けてふたつに分かれた。取っ手には、刃渡り十センチで先端が尖っている仕込みの剣が付いていた。

ボッシュは笑みを浮かべた。これはあらゆる潜入捜査中の鎮痛剤詐欺の受け子に必要なものだった。

肉体的な準備作業に満足して、ボッシュは早い夕食を作るため、キッチンに向かった。全粒粉パンにピーナッツバターを広げていると、携帯電話が鳴った。シスコからだった。ボッシュは電話に出て、いきなり質問を放った。

「なあ、杖が殺傷力のある武器だと、どうして話してくれなかったんだ?」

一拍間を置いて、シスコが答えた。

「しまった、すっかり忘れていた。仕込み杖だ。すまん、そのせいでめんどうに巻きこまれなかったらいいんだが。そいつを持って運輸保安局のチェックポイントを通ろうとするな」

「おれがやる予定のフライングには、運輸保安局はいっさい関係ないだろう。実を言うと、こいつはとてもいい。窮地に陥ったとき、人目につかないささやかな武器を持っているのはありがたい。あいつはどうなった?」

「尾行してもう自宅にいるよ。今夜はこれで終わりなのかどうか定かではないが」

「どこに住んでいるんだ?」

「アルタデナだ。一軒家を持ってる」

「もう名前をつかめたか？」

「ひとまとめの情報を手に入れたぜ。これがおれの仕事だ。名前はテレンス・スペンサーだ」

「テリー、そうだ、そんな感じの名前だった。テリー・スペンサーだ」

ボッシュはその名前を自分の記憶のなかで走らせ、資料保管課のカウンターでの決まり切ったやりとり以外に、なんらかの形で出くわしたかどうか探ろうとした。ほかのつながりはいっさい浮かび上がらなかった。

「そのひとまとめの情報には、なにが含まれているんだ？」ボッシュは訊いた。

「そうだな、前科はない。まあ、前科があればあそこで働いていないだろうな」シスコは言った。「スペンサーのクレジットカード使用歴を引っ張りだした。やつはおれがここに座って見ている一軒家を十八年まえに購入し、五十六万五千ドルのローンを抱えている。この近所じゃ、少しばかり高い家だな。たぶんローンの限界まで借りたんだろう。過去数年、ローンの支払いにはムラがあった。ときどき二ヵ月遅れたりしていたが、およそ七年まえ、非常に不安定な時期があった。家は差し押さえ《フォークロージャー》状態になった。どうやらどうにかしてそこから恢復させ、ローンの借り換えに成功している。

だが、そのことと支払い遅延によって、やつの信用度《クレジットスコア》は、かなり落ちてしまっている」

ボッシュはスペンサーのクレジットスコアにはあまり興味がなかった。

「なるほど、ほかには？」

「六年物のニッサンを運転しており、既婚者で、妻は比較的新しいジャグァを運転している。両方の車はローンで購入したものだが、時間をかけて完済している。子どもの情報はない。この男は五十四歳で、もし子どもがいたら、たぶん家を出ているんだろう。もっと深く調べさせたいなら、近所の家をノックして訪ねていけるが」

「いや、そんな調査はいっさいするな。スペンサーを警戒させたくない」

ボッシュはシスコの報告について、しばし考えを巡らせた。なにも大きな形で目立ったものはなかった。ローンのトラブルは、注目すべきだったが、十年まえの財政破綻以降、中産階級は経済的に苦しめられ、支払いの遅れやフォークロージャー回避は珍しくはなかった。しかしながら、スペンサーは、本質的には、ただの事務員であり、ローンの規模は、彼がその家を十八年まえに購入したという事実がなければ、目立っていただろう。それだけの長い時間が経てば、不動産価値が倍以上になっている可能性があった。もしその不動産を担保にローンを組んだのなら、六桁の高額ローンで首がまわらなくなったのを説明できるかもしれなかった。

「スペンサーの妻がなにをしているかわかっているかい？」ボッシュは訊いた。

「その件はまだローナが調べている」シスコが答えた。

ローナ・テイラーはミッキー・ハラーの前妻であり、オフィス・マネージャーである、とボッシュは知っていた。ハラーはオフィスを構えていないが。彼女は現在シスコと結婚しており、どういうわけかみんながハッピーでいっしょに働いている密接なサークルを完成させていた。

「まだ見張りは続けるか？」シスコが訊いた。

ボッシュはスペンサーの状況を明らかにし、切り換えるか、集中するかを決めさせてくれる動きをしてみようと考えた。腕時計を確認する。六時十五分だった。

「いいか」ようやくボッシュは言った。「あと二、三分、見張っててくれ。おれは急いで電話をかけ、すぐにそちらに連絡する」

ボッシュは電話を切り、ダイニングにあるノートパソコンのところへ向かった。ノートパソコン上のタプスコットのビデオ映像を終了させ、ランス・クローニンの名前をググった。ひとつのウェブサイトと、クローニン＆クローニンの名前がついている法律事務所の代表番号をつかんだ。

そののち、ポケットから使い捨て携帯電話を取りだし、その代表番号にかけた。たいていの法律事務所は、九時から五時までの営業時間だが、刑事弁護士を求める電話は、どんな時間でもかかってくる。一番多いのは夜間にだった。

刑事弁護を専門にするたいていの弁護士は、すばやく連絡を――とりわけ金離れのいい顧客からの連絡を――受けられるよう伝言サービスや転送電話を利用しているものだった。

予想どおり、ボッシュの電話は最終的に生身の人間に通じた。

「すぐにランス・クローニンと話をする必要がある」ボッシュは言った。「緊急なんだ」

「クローニンさんはもうお帰りです」相手の声が答える。「ですが、すぐに伝言を確認されるはずです。お名前をうかがえますか?」

「テリー・スペンサーだ。今夜、彼と話をしなくちゃならない」

「わかります。伝言をいただけますか、クローニンさんがすぐに確認できるように。どの番号におかけすればいいでしょう?」

ボッシュは使い捨て携帯電話の番号を伝え、緊急事態なんだと繰り返すと電話を切った。クローニンが伝言を確認すると言ってるのは、折り返しの電話をかけたくなかった場合の口実を弁護士に与える方法である、とボッシュは知っていた。この仲介役はただちに伝言してくれるだろう、とボッシュは確信していた。

　ボッシュは立ち上がり、キッチンにいくと、ピーナッツバターとゼリー載せサンドイッチの仕上げにかかった。それがすまないうちに、ほかの部屋で使い捨て携帯電話のありふれた呼び出し音が聞こえた。サンドイッチをカウンターに残して、ボッシュは電話の元にいった。画面に表示された番号に見覚えはなかったが、クローニンの携帯電話番号あるいは自宅の番号だろうと推測した。口元をてのひらで覆って声を偽装しようとしながら、一言だけ言った。

「はい」

「なぜわたしに電話してくるんだ？　わたしはきみの連絡相手じゃない」

　ボッシュは立ったまま凍りついた。ほら、見たことか。クローニンは明らかにスペンサーが何者なのか知っている。

　困惑した口調と、いま口にした言葉の親密さは、弁護士が話している相手を知っていることを疑問の余地もなく示していた。

「もしもし？」

　ボッシュはなにも言わなかった。ただ耳を澄ました。クローニンは車に乗っていて、運転しているような音が聞こえた。

「もしもし？」

ボッシュにとって、いまこの瞬間、ハッキリと活力をふきこまれるものがあり、黙ってクローニンの困惑した口調に耳を澄ました。あのビデオ映像を一回シスコが見たおかげで、ボッシュは次の段階へのジャンプを果たしていた。不正工作により近づいた。

クローニンは自分の側で切り、電話は沈黙した。

20

　ボッシュが丘を下り、フリーウェイ101号線を跨ぐバーハム大通りの高架に並ぶ赤いブレーキライトの長い列のうしろにじっと待っていると、シスコから折り返しの電話がかかってきた。

「なあ、あいつ、動きだしたぜ。で、今回、おれにはわかるんだが、尾行を気にしている」

　クローニンがなんらかの手段でスペンサーに連絡を取り、緊急伝言を残したのがスペンサーではなかったと知ったのだ、とボッシュはすぐに推量した。そこでいま問題になっているのは、彼らがどこかで会おうとしているのか、あるいは監視されているかどうかをスペンサーが突き止めようとしているのかだった。

「ついていけるか？　そこにはおれは間に合いそうにない。渋滞のせいで」

「やってみるのはできるが、なにがあんたにとってより重要かだな――あいつが向かう先を知るのと、おれが気づかれずにいるのとどちらが重要だ？　ハーレーで尾行するのは、対象者がひどく警戒しているときには、都合が悪い。つまり、やかましいんだ」

電話越しに聞こえる背景の音でそれが確認できた。風がシスコのイヤホンに吹きこんでくる音と、バイクの違法改造されたマフラーがかきたてるバリトン・サウンドが聞こえた。

「クソ」

「ああ、もし事前にわかっていたら、用意をしていたんだがな。ほら、あいつの車にGPSを取り付けるとか。うしろのほうに控えておける。だが、おれはあいつを見逃さないように〈グリーンブラッツ〉からダウンタウンに直行したんだ。装置を持っていなかった」

「ああ、わかってる、わかってる。きみを非難するつもりはない。スペンサーをいかせるべきだな。いましがたかけた電話で連中をビビらせてしまったんだろう。スペンサーが今回の件に加わっているのが確認できた。だから、尾行がついているかどうか確かめようとしていたのかもしれない。しばらく彼を悩ませてやろう」

「あいつは二度車を路肩に寄せて停まり、四角運転をした」

四角運転というのは、一ブロックの四つの角で右折し、元いた道路に戻るという運転の仕方だとボッシュは知っていた。そうすると尾行者がたいていバレる。

「じゃあ、ひょっとしたらきみの尾行がもうバレたかもしれないな」

「いいや、あいつの下手な作戦には引っかからなかった。あいつはアマチュアだ。いま、おれはマレンゴ・ストリートを四ブロック先行しているあいつの車のあとにつけている。ほんとにこのまま尾行をやめてもいいのか？」

ボッシュは一瞬考え、最初の直感を疑問に思った。どうすればいいのか心が千々に乱れた。スペンサーとクローニンがいっしょにいるところを目撃する機会を逃すかもしれなかった。

そんなふうにふたりが会っている写真が一枚あれば、今回の一件の不正を暴いてくれるだろう。もしそれをソトに携帯メールで送ったら、彼女はすべてを考え直し、ボーダーズの判決を無効にする審問はなくなるだろう。だが、ボッシュからの偽の連絡を受け取ったあとに会おうと要請するほどクローニンは愚かだろうか？

ボッシュはそうは思わなかった。スペンサーはなにかほかにたくらみがあるのだろう。

「気が変わった――そのまま尾行してくれ」ボッシュはようやく答えた。「かなり緩い尾行でいい。もし見失ったらそれでかまわない。バレるのだけはやめてくれ」

「わかった。ミックからまだ連絡はないか？」

「ない。なんの件についてだ？」

「ミックはあいつのローンに関して、さらなる情報をつかんだ。なかなかいい情報であり、ひょっとしたら、うまく利用できるものになるかもしれない。少なくともミックはそう言ってた」

「おれから連絡する。スペンサーについてなにかわかったら、教えてほしい。それから、いきなり引き受けてくれて、ありがとう、シスコ」

「どういたしまして」

「スペンサーがなにを狙っているのかわかったら、連絡してくれ」

ふたりは電話を切り、ボッシュは次にハラーにかけた。

「いままでシスコと話をしていた。きみがいい情報を手に入れたと聞いたぞ」

「そのとおり。うちのローナがこの件でいいブツを手に入れてくれたんだ。彼女はスペンサーのフォークロージャー記録を引きだすことに成功してくれた。今回の謎を解き明かしてくれるものだろう」

「話してくれ」

「まずコンピュータで急いで検索しなければならない件がある。そうすれば全部把握できるだろう。軽く食事をして、それから話さないかい？」

「ああ。どこで？」

「ポット・ローストの気分だな。〈ジャー〉にいったことはあるかい？」

「ああ、あそこのカウンターで食べるのが好きだ」

「そうだろう、あんたはカウンターにいるタイプだ。ホッパーのあの絵でひとりで座っているやつみたいに」

「〈ジャー〉で会おう。いつにする？」

「三十分後に」

ボッシュは電話を切った。自分と異母弟とのあいだには、ある種の霊的結びつきでもあるんだろうか、とボッシュは思った。ボッシュは自分をホッパーの『夜更かしする人々《ナイトホークス》』のなかに描かれたカウンターにいる男のようだといつも思っていた。

いつのまにか十分近く高架の上で動いていないのに気づいた。

バーハム大通りの前方でなにかあったのだ。車はバーバンクとワーナーブラザーズ・スタジオの駐車場に下りていくカーブのところでみな列を作っていた。ボッシュは手を伸ばし、グラブ・コンパートメントをあけ、そこに入れている可動式点滅灯を見た。サンフェルナンド市警の予備警官にすぎないため、ボッシュは覆面パトカーを与えられていなかった。その代わりに自家用車の屋根に取り付けられる青い点滅灯を支給されていたのだが、条例では、ボッシュがサンフェルナンドの管轄内にいるときにしか使えないものになっていた。

「知るか」ボッシュは言った。

ボッシュは点滅灯を窓から屋根に置き、底の磁石でしっかりそこに留めた。電気コードをシガレット・ライターに差しこむと、点滅する青い光が目のまえの車の後部座席に反射した。ボッシュの行く手を遮っていた車は、ほんの少し前進し、ボッシュが車をUターンさせられるくらいのスペースを空けた。ボッシュの車がカーウェンガ大通りとの交差点に戻ったところ、ほかの車がそこで停車し、ボッシュは楽々と通れた。ボッシュは南に向かって車を進めた。

ハリウッド・ボウルをかすめて、フランクリン・アヴェニューに入ると、渋滞はかなり解消され、ボッシュはシガレット・ライターからプラグを抜けた。ハラーよりかなり先行して、ビバリー大通りにある〈ジャーー〉に到着し、カウンターのスツールのひとつに腰を下ろした。十五分後、ボッシュが最初のマティーニをチビチビ飲んでいると、ハラーがドアを通って入ってきた。プライバシーが保てるよう、食事スペースの隅にあるテーブルをハラーは頼み、ボッシュはマティーニを手にそちらへ移った。ハラーはボッシュとおなじ飲み物を注文し、ふたりだけになるとさっそく用件にとりかかった。

「おれに相談せずにうちの調査員を働かせるのは、どうかと思うぞ」ハラーは言った。

「おいおい、こちらは依頼人だぞ」ボッシュは反駁した。「きみはおれのために働いており、ならば、彼はおれのために働いてもかまわないだろ」

「そのロジックに納得できるかわからんが、まあ仕方ないか。われわれが手に入れたものを気に入るぞ」

「シスコがその一端を明らかにしてくれた」

「いやそんなもんではすまない」

「じゃあ、話してくれ」

ハラーは自分のマティーニが目のまえに置かれるまで待った。ウエイターがメニューも手渡そうとしたが、ハラーは片手を払ってメニューは要らないと合図した。

「ポット・ロースト二人前と、付け合わせに北京ダック炒飯を」ハラーは言った。

「完璧ですね」ウエイターは言った。

ウエイターは立ち去った。

「まずおれに相談せずに注文したのは、どうかと思うぞ」ボッシュは言った。

「父親の血が関係しているのにちがいないな」ハラーは言った。

「実際、もうサンドイッチを食べたんだ」

「じゃあ、また喰えばいい——ここの料理はうまいぞ。ところで、覚えているかどうか知らないが、こないだの住宅ローン危機のとき、おれは仕事の多くをフォークロージャーがらみの弁護にシフトしていたんだ。おれはなんとか切り抜けた。ほら、ジェニファー・アーロンスンをアソシエトとして雇って、フォークロージャー弁護で二、三年、いい稼ぎをしたんだ」

「ああ、なんとなく覚えているよ」

「まあ、言うなれば、わが国の金融史のなかのあの輝かしい時代の一部始終をおれは知っているというわけだ。大金を稼いだのはおれだけじゃなく、おなじようにうまくやった連中をおれは知っている」

「なるほど、で、それがわれわれの調査対象のスペンサーとどう関係しているんだ？」

「彼のフォークロージャー関係訴訟は、公的記録なんだ。探し方を知っているだけでいい。幸いにも、ローナは知っていた。で、おれはこの一時間、その記録に目を通していたんだが、さっき言ったように、その結果をきっと気に入るぞ。聞いてみろ。ほれこむぞ」

「じゃあ、話してくれ。なにをつかんだ？」

「スペンサーは借金で首がまわらなくなっていたんだ。二〇〇〇年に自宅を購入し、資産価値が上がっていくのを見て、六年後に住宅担保ローンを借りた。その金でスペンサーがなにをやったのかわからないが、ふたつになったローンを払うための充分な金を残しておかなかったんだ。そして絶望の道を下っていく第一歩を踏みだした。ふたつのローンをまとめて、ひとつの借り換えローンにした。変動金利の手頃な支払額ですむものに」

「推測させてくれ、それはなにも解決しなかった」

「ああ、さまざまな形で、事態を悪化させた。ローンをきちんと払いつづけられず、そこで金融破綻が起こり、スペンサーに財政的死期が迫った。ひーひー言いながら払っていたローンに金をまわせなくなった。ローン支払いをまったくやめてしまい、銀行はフォークロージャー手続きを開始した。そこでスペンサーは賢い判断をおこない、弁護士を雇ったんだ。唯一まずかったのは、まちがった弁護士を雇ってしまったんだ」

「きみを雇うべきだった、と言いたいのか？」

「まあ、おれのほうがよかっただろうな。スペンサーが雇った女性弁護士は、自分がなにをしているのか、ろくにわかっていなかった。なぜなら、この街のほかの弁護士たちと同類で、フォークロージャー・ビジネスになりふりかまわず飛びこんでしまった手合いだった」

「きみのようにな」

「おれのようにだ。つまり、刑事弁護士の有償仕事は干上がっていた。だれも金を持っていなかった。おれは公選弁護人からの紹介を引き受け、はした金で働いていた。子どもの養育費の支払いすら期日どおりにできていなかった。だから、フォークロージャーの仕事に参入したんだ。だが、おれはまず宿題を充分にやって下調べをし、つい喧嘩腰になり、自分の能力を証明しようとするたぐいの、無名のロースクールを出た頭がよくて若いアソシエトを雇った」

「なるほど、なにが言いたいのかはわかった。きみは正しくやったが、スペンサーの弁護士は間違えたんだ。なにが起こった？」

「そうだな、その女性弁護士が正しくやれたのは、まともな銀行はスペンサーの間抜けな尻に触ろうとしないだろうという見積もりだ。で、彼女はスペンサーにハードマネー・ローンを借りさせた」

「ハードマネー・ローンとはなんだ？」

「銀行の融資じゃないんだ。インベスタープールがおこなう融資で、銀行ではないため、あらかじめローンポイントを前金で払わせ、市中金利よりも高い金利で貸す——ときには、マフィアの金貸しが街中で貸しだす金利に近い場合すらある」

「で、スペンサーの問題は悪くなる一方だった」

「ああ、そのとおり。哀れな男は自宅を手放さずにすむように心がけ、ローンの支払いをつづけた。その間、やつは大きく膨らんだ七年物の風船《バルーン》に座っていたんだ。そして、わかるだろう、その風船は弾ける寸前だった」

「ゆっくりおれにもわかる言葉で話してくれ。おれは十二年まえに家のローンを完済したんだ。いまの話がどういう意味なのかさっぱりわからない。風船とはなんだ？」

「スペンサーはローズバッド・ファイナンシャルという名のインベスタープールと取り引きした。当時、そいつらの噂は聞いていた。そいつらは人々を苦境から救いだせるだけの資金を持っていた。金の出所はハリウッドに住むおおぜいの人間らしく、ロン・ロジャーズという名の男によって運営されていた。本物の鮫だ。ロジャーズは取引を結んだが、借り手が払えようと払えまいと気にしていなかった。不動産に充分な純粋価値があるなら、取引を結ぶんだ。なぜなら、差し押さえするために、ふたつの照準を合わせられるとわかっていたからだ――哀れなカモの自宅所有者が毎月と期末の支払いができないか、バルーン方式融資の最終残額一括払いができないときのどちらかでよかった」

「つまり、その取引というのは、高額の月次《げつじ》ローン支払いをおこなっても、まだ最終的に多額の全額清算をしなければならないというわけだな」

「まさにそうさ。こうしたハードマネー・ローンの取引というのは、たいていの場合、短期なんだ。二年とか五年とか。スペンサーは七年満期の取引を結んだ。相当長期だな。だが、七年満期が今年の七月に訪れる予定で、多額の借金が残っている」

「本物の銀行へいき、もう一度借り換えられないのか？　いまは金融市場はかなり良好だ」

「できたんだが、スペンサーはドジをこいた。彼のクレジット・レーティングは最低で、ローズバッド・ファイナンシャルが、水に落ちた犬を打ちつづけている。週ごとに支払いが遅れるたびにやいのやいの言うわけだ。わかるだろ？　連中はスペンサーを窮地に追いこみたいんだ。バルーンを払うだけの金がないし、記録のせいで借金の借り換えもできないと連中はわかっている。七月になれば、連中はスペンサーから家を手に入れられる。そしてそこで美味しいものが待っている。ジローがなんなのか知ってるか？」

「ジロー？　知らん」

「ジローはオンラインの不動産データベースだ。不動産の住所を放りこんで検索すれば、近隣の似たような住宅やほかの要素に基づいておおよその評価額が出るんだ。それがこの話をするまえにおれが確かめなければならなかった点だ。で、ドンピシャリ、スペンサーの不動産は六桁の後半と出てきた——ほぼ百万ドル近い評価額だった」

「じゃあ、どうしてスペンサーは家を売って、バルーンを支払い、差っ引いた分の利益を持って立ち去らないんだ？」

「なぜなら、彼はそれができないからだ。ローズバッドと結んだ取り決めでは、会社の承認なしに家の売却ができない決まりになっている。そして、そこが間違った弁護士を雇ったところだ。契約書の細則部分——女性弁護士はそこを読まなかったか、理解しなかったか、気にしなかったんだ。たんにスペンサーにそのローンを借りさせて、立ち去りたかっただけだった。ひょっとしたらその手続きでキックバックをもらっていたかもしれない」

「ローズバッドはスペンサーに家を売らせるつもりがない」

「そのとおり」

「じゃあ、連中はスペンサーに家を売らせない。スペンサーはバルーンを払えない。ローズバッドは家を手に入れ、売却し、利益をハリウッドの投資家たちのあいだでわけあう」

「ようやくわかってきたようだな、ボッシュ」

ボッシュはマティーニの残りを口に含むと、そのシナリオについて考えた。スペンサーはバルーンを完済するために現金で五十万ドル以上を都合できなければ、自宅を失う事態に直面している。それで彼が不正行為に誘われないとすれば、どんなものでも無理だろう。

ハラーは自分のマティーニを啜り、ボッシュが筋道をたどっていくのを眺めた。やがてハラーは笑みを浮かべた。

「最後に取っておきのものを残しているんだ」ハラーは言った。

「なんだ?」ボッシュは訊いた。

「スペンサーの弁護士がいただろ？　間抜けなやつが？　彼女の名前はキャシー・ゼルデンだ。おれはその当時の彼女を知っていた。キャシーは小さな法律事務所の駆けだし弁護士で、彼女のボスは毎月第一月曜日に彼女を裁判所へ向かわせるのがつねだった。なぜなら、フォークロージャー・リストが発表されるからだ。おれはその場にいた、彼女もいた、ロジャー・ミルズもいた、おれたちおおぜいがいた——毎月第一月曜日に。われわれはそのリストを買い、チラシを郵便で送るんだ。『フォークロージャーですか？　リンカーン弁護士にお電話下さい』そんなチラシさ。リストに載っている全員が郵便や電話や電子メールで広告を受け取っていた。そうやっておれも依頼人の大半を手に入れた」

「それがとっておきか？」

「いや、とっておきの情報はこうだ——七年か八年、それくらいまえの話をしているんだが、そのときおれが知っていたのはキャシー・ゼルデンだった。彼女はとても見た目がよく、一、二年後、彼女のボスは彼女と浮気をしている現場を押さえられた。ちょっとしたスキャンダルだった。最終的にボスは二十五年ほど連れ添った妻と離婚し、キャシーと結婚した。で、この五年間、キャシー・ゼルデンは、キャシー・クローニンとして知られているんだ」

ハラーは褒美としての乾杯の印にグラスを掲げ持った。ボッシュのグラスは空だったが、そのグラスを手に持ち、ハラーのグラスに強くぶつけたので、近くのテーブル席から関心を向けられた。

「なんてこった」ボッシュは言った。「やつらをものにしたぞ」

「われわれがやってやった」ハラーが言った。「来週のあの審問にたどり着いたら、痛い目に遭わせてやる」

ハラーがグラスを干すのと同時にウエイターがポット・ローストと北京ダック炒飯を運んできた。

「お客さま」ウエイターは言った。「必須ビタミンをもっとお取りになったほうが」

ハラーは空のグラスを手に取り、ウエイターに差しだした。

「まさにそのとおりだ」ハラーは言った。「まさにそのとおりだ」

21

ポット・ローストと炒飯を食べたあと、ボッシュとハラーは詳細を詰めようとした。今回の全体的計画《スキーム》は、来《きた》るバルーン方式支払いに金がなく、自宅売却の承認が得られない事態に直面したスペンサーが、自分をローズバッドとの取引に結びつけた弁護士、キャシー・クローニン、旧姓ゼルデンのところにいったときにはじまった可能性が高い、という考えにボッシュとハラーは同意した。

「キャシーは、『残念だけど、来年、あのバルーンははじけ、あなたはひどい目に遭うでしょう』とでも言ったんだろうな」ハラーは言った。「『だけど、わたしの夫であり、事務所のパートナーである人を紹介させて。七月までに必要なお金をあなたが手に入れられる方法があるかもしれない』で、キャシーは紹介をし、ランスは、スペンサーのやらなきゃならないのは、彼が働いているあの巨大な倉庫の封印された証拠保管箱にあるものを仕込む方法を考えだすことだけだ、と話す。スペンサーのような人間は、システムを破る方法を休憩時にたぶんペチャクチャしゃべっているんだろう。暇なときの仕事に関する雑談が本物になり、自分が陥っている苦境からの脱出方法になった」

「おれたちはまだその方法を解き明かさなきゃならない」ボッシュが言った。

「おれの推測では、今回のうんこな事態が全部扇風機に当たって飛び散れば、スペンサーは取引に応じ、自分のやったことをそっくりわれわれに話すだろう。もし今回はまともな弁護士を雇うなら、スペンサーは被害者面してこの事態を切り抜けられるだろう。弁護士が悪党というのをだれもが望んでいる。地区検事局は、ただちに、スペンサーをクローニンふたりとトレードするだろう」

「スペンサーは被害者じゃない。やつは不正工作の片棒を担いでいる。おれに泥を浴びせようとしている」

「それはわかっている。たんに現実を教えようとしているだけだ。どう展開するかを。スペンサーは借金で首がまわらなくなっている人間であり、あいつらに利用されている」

「じゃあ、いますぐスペンサーのところにいくべきだ。あいつと対峙し、ビデオ映像を見せる。来週になるまえにスペンサーをこっち側につけるんだ」

「やってみる価値はあるかもしれんが、もしスペンサーが口を割らなければ、来週水曜日にランス・クローニンにスタートダッシュされる羽目に陥るぞ。おれはどちらかと言えば、法廷で連中全員を袋だたきにしたい」

ボッシュはうなずいた。そちらのほうがよりよい計画だろう。そのとき、スペンサーと対峙するという考えから、資料係官がいま監視下に置かれているのをボッシュは思いだした。携帯電話を取りだす。

「シスコに仕事を頼んでいたのを忘れていた」ボッシュは言った。「シスコはいまスペンサーを見張っているんだ」

ボッシュは電話をかけ、シスコが囁き声で答えた。

「どうなってる？」ボッシュが訊いた。

「あいつは尾行されていないと確信するまで一時間走りまわった」シスコは言った。「それからパサディナに下りていき、〈ヴローマンズ〉の駐車場で人と――女性と――会った」

「〈ヴローマンズ〉とはなんだ？」

「オールド・タウンのはずれにある巨大な駐車場を持つ大書店だ。ふたりは警官がやるように、車窓と車窓が向かい合う形で車を停めている」

ない」

「わからん。ナンバープレート隠しを貼っているので、プレートナンバーを調べられない」

「女性は何者だ？」

「新車のようか？」

「いや、傷だらけのプリウスだ」

「気づかれずにその女性の写真を撮影できないか？　いまハラーといっしょにいるんだが、彼はその女性の正体を知っているかもしれない」

「やってみる。電話をかけながら通り過ぎるという古い手口で、ビデオ撮影をしてみよう。撮れたら携帯で映像を送る」

「やってくれ」

ボッシュは電話を切った。シスコがやろうとしている作戦行動をボッシュは知っていた。携帯電話のビデオ・アプリで記録をはじめ、電話に出ているふりをして携帯を耳に押し当て、対象者の車の正面を通り過ぎる。ステアリングホイールの向こうにいる女性にピントが合っているよう願いながら。

「スペンサーは女性と話をしている」ボッシュはハラーに伝えた。「シスコはビデオを撮影しようとしている」

ハラーはうなずき、ふたりは待った。

「どこかの時点でソトに話すべきだ」ボッシュはそう口にした。独り言に近かった。

「どういう意味だ？」ハラーが問い返した。

「彼女はおれのまえのパートナーだったんだ。クローニンを袋叩きにすれば、彼女も袋叩きにされる羽目に陥る」

「その女性刑事もあんたが持っているもの全部を取り上げようとしている一味のひとりであると思いださせてやらないとだめか？」

「ソトは事件の展開を追っていた」

「じゃあ、曲がり角を間違えたんだな」

「そういう事態は起こりうる」

「彼女に話すな、というお願いを聞いてくれないか。少なくとも、いまはまだ。もっと真相にわれわれが近づき、仮説の一部が事実だと確認できるまで待ってくれ。ロス市警にわれわれの裏をかく機会を与えないでくれ」

「わかった。待てるよ。だが、ソトは裏をかいたりする人間じゃない。もしわれわれが彼女に事実関係を明らかにすれば、クローニンあるいはスペンサーあるいはボーダーズをわれわれが追いかけなくてもすむようになるだろう。ソトが追いかけてくれる」

ハラーがなにか言うまえにふたりの携帯電話がそろって鳴り、ショートメッセージの到着を告げた。シスコからのビデオ動画だった。ふたりはそれぞれの携帯電話を見た。

カメラが書店駐車場の車の列を移動している不安定な画面をボッシュは見た。シスコが軽い調子で電話に向かって話すふりをしている声も入っていた。録画の時間と場所を特定するのに役立つよう意図されたものだった。

「やあ、おれは〈ヴローマンズ〉にいる。パサディナの本屋だ。水曜日の夜八時で、しばらくここにいるつもりだ。折り返し電話してくれ……」

シスコが話しているうちにカメラは停まっている車の列を横切り、バックで駐車していた車のまえまできた。カメラはウインドシールドを横になめ、ステアリングホイールの向こうにいる女性が映った。女性はあいている車窓のほうを向いて、隣に停まっている車のなかにいるだれかと話をしているため、横顔が映っていた。

シスコはその車の正面を横切ったところで賢明にも嘘の伝言をやめて、黙った。それによってカメラは女性とスペンサー――もう一台の車のなかにいて見えなかったが――とが交わしている会話の一部を拾い上げていた。

「あなたは大げさなの」女性は言った。「すべてうまくいくから」

「言っとくが、気をつけたほうがいい」男が言った。

二台の車から数歩先に進むと、シスコは携帯電話のカメラを自分のほうに向け、名乗った。

「こちらはデニス・ヴォイチェホフスキー、カリフォルニア州私立探偵ライセンス〇二六二。録画を終了する。チャオ」

ビデオは終わった。ボッシュは期待をこめてハラーを見た。

「はっきりとした映像ではなかったし、キャシー・ゼルデンだった時分からキャシー・クローニンを見ていない」ハラーは言った。

ハラーはビデオを再生し、ある箇所で再生を止め、二本の指で映像を拡大した。じっと見つめてから、しばらく黙っていた。

「どうだ？」ボッシュがこらえきれなくて訊いた。

「当たりだ」ハラーは言った。「まちがいなく彼女だ。キャサリン・クローニンだ」

ボッシュはすぐにシスコにかけなおした。シスコは質問で電話に応じた。

「女の正体は割れたか？」

「ハラーが確認した。キャサリン・クローニンだ。よくやったぞ、シスコ。今晩の働きはみごとだった」

「もう、いかせていいか」

「ああ、必要なものを手に入れたので、こちらが気づいているのを気づかれるリスクを冒したくない」

「わかった。あしたの朝、会いにいくとミックに伝えてくれ」

「伝えよう」

ボッシュは電話を切り、ハラーを見た。ハラーは笑みを浮かべていた。

「ここから引き継いでくれるか？」ボッシュは訊いた。「まえに言ったように、おれは二、三日、連絡が取れなくなる。少なくともそれくらいは」

「引き継げるが、ほんとにそうしないといけないのか？」ハラーが訊いた。「あんたはパートタイムの刑事だろ。ほかにだれかそっちの事件を仕切る人間はいないのか？」

ボッシュは考えてみた。心に店の奥の廊下に手足を投げだして横たわるホセ・エスキベル・ジュニアの姿が広がった。

「いや」やがてボッシュは言った。「おれしかいない」


（下巻へつづく）

|著者|マイクル・コナリー　1956年、フィラデルフィア生まれ。フロリダ大学を卒業し、フロリダなどの新聞社でジャーナリストとして働く。手がけた記事がピュリッツァー賞の最終選考まで残り、ロサンジェルス・タイムズ紙に引き抜かれる。「当代最高のハードボイルド」といわれるハリー・ボッシュ・シリーズは二転三転する巧緻なプロットで人気を博している。著書は『暗く聖なる夜』『天使と罪の街』『終決者たち』『リンカーン弁護士』『真鍮の評決　リンカーン弁護士』『判決破棄　リンカーン弁護士』『スケアクロウ』『ナイン・ドラゴンズ』『証言拒否　リンカーン弁護士』『転落の街』『ブラックボックス』『罪責の神々　リンカーン弁護士』『燃える部屋』『贖罪の街』『訣別』『レイトショー』など。

|訳者|古沢嘉通　1958年、北海道生まれ。大阪外国語大学デンマーク語科卒業。コナリー邦訳作品の大半を翻訳しているほか、プリースト『双生児』『夢幻諸島から』『隣接界』、リュウ『紙の動物園』『母の記憶に』『生まれ変わり』（以上、早川書房）など翻訳書多数。

汚名《おめい》(上)

マイクル・コナリー｜古沢嘉通《ふるさわよしみち》 訳

講談社文庫

定価はカバーに
表示してあります

2020年8月12日第1刷発行

発行者――渡瀬昌彦
発行所――株式会社　講談社
東京都文京区音羽2-12-21　〒112-8001
電話　出版（03）5395-3510
　　　販売（03）5395-5817
　　　業務（03）5395-3615

Printed in Japan

デザイン―菊地信義
本文データ制作―講談社デジタル製作
印刷―――豊国印刷株式会社
製本―――株式会社国宝社

ISBN978-4-06-516952-0

講談社文庫刊行の辞

二十一世紀の到来を目睫に望みながら、われわれはいま、人類史上かつて例を見ない巨大な転換期をむかえようとしている。

世界も、日本も、激動の予兆に対する期待とおののきを内に蔵して、未知の時代に歩み入ろうとしている。このときにあたり、創業の人野間清治の「ナショナル・エデュケイター」への志を現代に甦らせようと意図して、われわれはここに古今の文芸作品はいうまでもなく、ひろく人文・社会・自然の諸科学から東西の名著を網羅する、新しい綜合文庫の発刊を決意した。

激動の転換期はまた断絶の時代である。われわれは戦後二十五年間の出版文化のありかたへの深い反省をこめて、この断絶の時代にあえて人間的な持続を求めようとする。いたずらに浮薄な商業主義のあだ花を追い求めることなく、長期にわたって良書に生命をあたえようとつとめるところにしか、今後の出版文化の真の繁栄はあり得ないと信じるからである。

同時にわれわれはこの綜合文庫の刊行を通じて、人文・社会・自然の諸科学が、結局人間の学にほかならないことを立証しようと願っている。かつて知識とは、「汝自身を知る」ことにつきていた。現代社会の瑣末な情報の氾濫のなかから、力強い知識の源泉を掘り起し、技術文明のただなかに、生きた人間の姿を復活させること。それこそわれわれの切なる希求である。

われわれは権威に盲従せず、俗流に媚びることなく、渾然一体となって日本の「草の根」をかたちづくる若く新しい世代の人々に、心をこめてこの新しい綜合文庫をおくり届けたい。それは知識の泉であるとともに感受性のふるさとであり、もっとも有機的に組織され、社会に開かれた万人のための大学をめざしている。大方の支援と協力を衷心より切望してやまない。

一九七一年七月

野間省一